KB072853

전능의 팔찌

THE OMNIPOTENT
BRACELET

김현석 현대 판타지 소설
FUSION FANTASTIC STORY

전능의 팔찌 46

김현석 현대 판타지 소설

초판 1쇄 찍은 날 § 2015년 3월 19일
초판 1쇄 펴낸 날 § 2015년 3월 26일

지은이 § 김현석
펴낸이 § 서경석

편집부장 § 권태완
편집책임 § 박은정

펴낸곳 § 도서출판 청어람
등록번호 § 제387-1999-000006호
등록일자 § 1999. 5. 31
어람번호 § 제1-2083호

주소 § 경기도 부천시 원미구 부일로 483번길 40 서경B/D 3F (우) 420-822
전화 § 032-656-4452 팩스 § 032-656-4453
http://www.chungeoram.com
E-mail § E-mail § chungeorambook@daum.net

ISBN 979-11-04-90170-6 04810
ISBN 978-89-251-2596-1 (세트)

전능의 팔찌

THE OMNIPOTENT BRACELET

46

FUSION FANTASTIC STORY

김현석 현대 판타지 소설

청어람

CONTENTS

CHAPTER 01
몽땅 옮겨놔!

현수는 팔레트 위에 쌓인 금괴의 수량을 재점검했다.

각각 미국과 일본, 그리고 지나와 계약한 날짜에 정해진 장소로 보낼 것들이다.

확인 결과는 이상 무이다.

"흐음! 이제 되었나?"

자신이 한 일이 만족스러운 현수는 고개를 끄덕이곤 동굴 밖으로 나왔다.

"아리아니, 노에디아 좀 오라고 해."

"네, 주인님."

현수의 부름을 받은 노에디아는 무슨 일이든 시키라고 허리를 숙인다. 아르셴 대륙에 있는 동안 마나 샤워를 듬뿍 받아 그런지 상당히 기분이 좋아 보인다.

"노에디아, 이 동굴 입구를 막아줘."

"완전히 무너뜨릴까요?"

"아니. 그냥 입구만 막아. 이런 동굴은 흔한 게 아니어서 나중에 관광지로 써도 되니까."

"네, 알겠습니다. 그럼."

말을 마친 노에디아는 땅속으로 스며든다. 그리고 잠시 후 땅거죽이 벌어지고 그 사이로 바위들이 솟아오른다.

우릉! 우르르릉—!

잠시 후, 동굴 입구가 완벽하게 막혔다.

땅속에 있던 바위인지라 흙이 잔뜩 묻어 있다. 잠시 이를 지켜보던 현수가 입을 연다.

"아리아니, 여기에 풀을 무성하게 자라게 해서 동굴이 없는 것처럼 보이게 할 수 있지?"

"그럼요. 맡겨만 주세요."

아리아니는 모처럼 임무가 주어져 기쁘다는 듯 날갯짓을 하며 동굴 입구로 다가간다.

잠시 후, 연초록 싹이 돋는가 싶더니 쑥쑥 자란다.

아리아니는 엘리디아까지 불러내 더 빠른 생장을 할 수 있도록 수분 공급을 지시한다.

전 과정을 지켜본 현수는 고개를 끄덕였다.

가까이서 살펴도 이곳에 동굴이 있었다는 걸 전혀 알 수 없을 정도로 풀이 무성해진 때문이다.

"좋아, 가자!"

"네, 주인님!"

"참, 노에디아는 북한에 가서 정주에 있는 희토류들 다른 데로 옮기는 작업을 해야 하는 거 잊지 마."

"마스터, 전에도 말씀드렸지만 저는 희토류가 뭔지 모릅니다. 어떤 건지 알려주셔야 해요."

"끄응! 그럼 일단 은백색, 또는 회색이 감도는 것만 옮겨."

희토류 대부분이 이런 색깔을 띠기에 한 말이다.

"은백색과 회색이요?"

"그래, 일단 그런 빛깔이 나는 것은 전부 옮겨. 그건 할 수 있지?"

"그럼요!"

노에디아는 맡겨만 달라는 표정으로 고개를 끄덕인다.

"근데 어디로 옮기죠?"

"함경도 청진 인근 산자락 아래에 묻어놔. 나중에 캐기 좋도록 가능한 얕게. 가능하지?"

"물론입니다. 그렇게 할게요."

노에디아는 말이 떨어지기 무섭게 임무를 수행해야 한다며 후다닥 사라진다.

"아리아니, 쟤가 일 잘하도록 살피는 거 잊지 마."

"그럼요. 걱정 마세요. 잘 감독할게요."

아리아니는 앙증맞은 날개를 흔들며 환히 웃는다.

"좋아, 너만 믿을게."

고개를 끄덕인 현수는 킨샤사 저택으로 텔레포트했다.

"하아암! 잘 잤어요?"

"그래, 굿모닝이야. 커피 한 잔 할 테야?"

"아뇨. 아기에게 나쁠 수 있잖아요. 그러니까 커피 대신 시원한 물이나 한 잔 부탁해요."

"그래, 알았어."

임신한 후 부쩍 조심하는 게 참 좋아 보인다. 알아서 주의를 기울이는 모습에 전에 없던 모성이 느껴져서이다.

연희와 즐거운 아침 식사를 마친 현수는 부모님과 강진숙 여사를 찾아가 문안 인사를 드렸다.

당연히 화제는 지현과 연희의 임신이다.

부모님은 물론이고 장모님도 매우 기뻐했다.

시간이 지나 하루빨리 손주를 보고 싶다며 환히 웃으셨다.

현수는 잘되었다는 생각을 했다.

부모님과 장모님이 외국 생활에 몹시 갑갑해했는데 손주가 태어나면 한동안은 아이를 돌보느라 더 이상 한국이 그립다는 말을 하지 않을 것이기 때문이다.

현수는 저택 3층으로 올라갔다.

이곳은 태어날 아이들을 위한 공간이다.

실면적이 600평이다. 워낙 넓기에 비품창고 또한 상당히 크다. 이곳에 온갖 출산 용품과 육아 용품을 꺼내놓았다.

백두마트 신생아 용품 매대에 있던 것들이다.

마트를 세 개나 털었으니 얼마나 많겠는가!

약 40평이나 되는 창고의 선반은 금방 출산 용품과 신생아 용품으로 가득 채워졌다.

바로 곁은 아이들 옷 방이다.

이곳은 아이들을 위한 의복으로 채워졌다. 남아일지 여아일지 알 수 없어 골고루 꺼내놓았다.

그다음 방에 들어가선 이유식 등을 꺼내놓았다. 당연히 보존 마법이 걸려 있어 오래 두어도 상하지 않는다.

자라면서 쓸 장난감을 꺼내놓은 방도 있다.

아이들은 아직 태어나지도 않았지만 대여섯 살 아이들이 가지고 놀 장난감까지 있다. 하여 텅 비어 있던 저택 3층은 아이들을 위한 물건으로 가득 채워졌다.

"흐음! 이 정도면……."

지현과 연희, 그리고 이리냐가 동시에 출산을 해도 충분히 쓰고도 남을 만큼 많이 꺼내놓았다.

그리고도 아공간엔 여전히 많이 남아 있다.

"후와! 엄청나네요. 자기 아공간은 대체 얼마나 넓기에 이 많은 물건이 들어 있었대요?"

연희는 끝없이 튀어나오는 온갖 종류의 물건들을 보고 기가 질린 듯하다.

"넓지. 마음만 먹으면 이 집도 들어갈 거야."

사실은 이 정도가 아니다. 현수의 아공간은 어마어마하게 넓지만 굳이 설명할 필요가 없어 이렇게 말한 것이다.

"세상에! 엄청나군요!"

연희는 새삼스런 눈으로 현수를 바라본다. 남편 하나는 정말 끝내주게 잘 얻은 것 같아 기쁘고 행복하다.

하여 저도 모르게 환히 웃음을 짓는다.

"웃지 마!"

"네? 왜요?"

연희는 화들짝 놀라는 표정을 짓는다.

"너무 예뻐서 자기를 안고 싶어지니까."

"어머……!"

연희의 입가에 있던 미소가 금방 사라진다.

지현도 없고 이리냐도 없는데 혼자서 현수를 감당하려다

간 피골이 상접할 정도로 시달릴 게 뻔하기 때문이다.

"알았어요. 그럼 산책이나 나가요."

"아니. 난 할 일이 좀 있으니 자긴 쉬고 있어."

"할 일이요?"

"응. 이 근처에 병원을 지어야 하거든."

연희는 알았다는 듯 고개를 끄덕이곤 본인의 처소로 물러난다.

현수는 서재로 들어가 이실리프 의료원의 세부 계획을 수립했다. 아내들이 임신을 했으니 최고 급선무가 의료원 설립이 된 것이다.

이 공사의 총책임자는 민주영이다.

그렇지 않아도 상당히 많은 업무 때문에 바쁘다 하겠지만 수시로 이곳에 와서 쉬라는 의도도 있다.

이실리프 무역상사는 매뉴얼대로만 진행하면 아무런 하자가 발생하지 않을 정도로 체계가 잘 잡혀 있다.

이실리프 상사의 운영도 체계가 잡혀 있기는 하지만 주영이 완전히 손을 떼는 순간 마비된다.

주영이 전권을 부여받은 결정권자이기 때문이다. 따라서 이곳에 머무는 동안엔 원격 경영을 해야 할 것이다.

아무튼 공사가 진행되는 동안 민주영과 이은정은 두 번째 신혼여행을 즐기게 될 것이다.

잘 꾸며진 빈관은 7성급 호텔에 버금가는 시설과 서비스를 갖추고 있으니 불만은 없을 것이다.

현수는 이실리프 의료원의 마스터플랜을 짰다.

최고급 기자재와 최고 실력을 가진 의료진으로 구성될 초대형 의료원을 만드는 것인지라 어마어마한 돈이 들어갈 것이다. 건설 부문은 돈만 있으면 되는 일이지만 의료진 구축은 돈만으론 어렵다.

기반 시설이 열악한 아프리카까지 와서 근무하려는 의사가 많지 않을 것이기 때문이다.

이것에 대한 대책은 이미 수립되어 있다.

필라델피아 어린이병원과 MD 앤더슨 암센터, 그리고 메이요 클리닉과 존스홉킨스 병원의 의사들을 빼올 생각이다.

제의만 하면 너도나도 지원하게 될 것이다.

가에탄 카구지의 막내아들은 급성 림프모구 백혈병을 앓고 있었다.

온두라스 대통령의 부친은 췌장암 4기였고, 지앙리쥐 아폰테 사장의 아내 엘리자베스는 비소세포암 3B기였다.

이들 셋의 공통점은 모든 의료기관이 손을 놓은 사람이라는 것이다.

다시 말해 불치 판정을 받아 죽을 날만 기다리고 있었다. 그런데 지금은 셋 다 아주 활동적인 삶을 살고 있다.

이들을 맡은 의료기관 입장에서 보면 믿을 수 없는 기적이 일어난 것이다.

에티오피아에선 현수를 '코리안 빌리지의 성자'라고 부른다. 러시아 무스크하코 마을 사람들도 성자라고 부르고 있다.

서방 언론들은 경쟁적으로 이 두 곳에서 벌어진 일들을 취재했다. 믿어지지 않는 기적의 연속인 때문이다.

현수로부터 치료를 받은 사람들은 자신들이 겪은 일을 소상히 이야기해 주었다. 늘 그렇듯 점점 침소봉대되어 실제보다 과장된 부분이 없지 않다.

하여 현수에겐 새로운 별명이 생겼다. '코리안 아스클레피오스(Korean Asklepios)'가 그것이다.

참고로 아스클레피오스는 그리스 로마 신화에 등장하는 의술(醫術)의 신(神)이다.

라틴어로는 아이스쿨라피우스(Aesculapius)라고 한다.

호메로스[1]는 인간이며 의사라고 하였다.

하지만 훗날의 전설에서는 태양을 관장하는 아폴론(Apollon)의 아들이라 전해지고 있다.

언론의 보도를 접한 서방 의료기관들은 코리안 빌리지와 무스크하코 마을을 방문하여 재차 조사하였다.

그 결과 한국의 전통의학으로 치료한 것만 확인할 수 있었

---

1) 호메로스(Homeros) : 유럽 문학의 최고, 최대의 서사시 『일리아스』와 『오디세이아』의 작자.

다. 이들의 자문역을 맡은 한의사는 기회는 이때다 싶어 한의학에 대해 여러 가지를 이야기했다.

서방의 의료기관들은 믿을 수 없는 기적을 접하고 기(氣)와 오행에 관한 이야기를 듣고 동양의 신비스런 의술을 좀 더 연구해 봐야겠다는 결론을 내렸다.

문제는 한의학의 범주를 벗어난 시술도 있었다는 것이다.

코리안 빌리지의 환자 중 하나는 담낭의 기능을 완전히 잃은 사람이 있었다.

현수는 마비 마법으로 복부를 마취시킨 후 담낭을 떼어냈다. 그런데 수술한 자국이 없다.

째고 꿰맸다면 그 흔적이 남아야 한다. 그런데 아무런 흔적도 없이 담낭만 제거되었다.

귀신이 곡할 노릇인지라 의사들은 흥분했다.

대체 어떤 방법을 썼는지 알고 싶은데 현수를 만날 방법이 없다. 이미 평범함을 넘어선 존재가 되었기에 아무리 면담 신청을 해도 묵묵부답이었던 것이다.

현수에게 의사들의 궁금증을 해소해 주라고 할 수 없기에 주영이 중간에서 모든 인터뷰 요청을 차단한 것이다.

어쨌거나 이실리프 의료원 건설의 총책임자는 민주영이다. 본인이 바쁘면 누군가 적합한 사람을 찾으면 될 것이다.

현수는 게리 론슨과 왕리한, 그리고 가와시마 야메히토와 통화를 시도했다. 예상대로 연결되지 않는다.

하여 미리 받아둔 비밀 연락처로 편지를 발송했다.

민주영도 연결되지 않아 이메일을 보냈다.

주영이 이를 확인하는 순간부터 이실리프 의료원과 주변 신도시 건설공사가 시작될 것이다.

그 기간은 연희와 지현이 출산하기 전까지이다.

업무를 부여하는 김에 무스크하코 마을에서 올 사람들을 위한 '러시안 단지' 또한 지으라고 하였다.

이 일은 ㈜천지건설에서 하도록 지시를 내렸다. 현수 입장에선 또 하나의 신도시 건설공사를 수주하는 셈이다.

물론 아제르바이잔이나 리우데자네이루의 그것보다는 규모가 작다. 그래도 1,000세대짜리 아파트 단지 열 개를 건설하는 것보다는 크니 충분히 달려들 만한 일이다.

다음엔 계열사마다 전화를 걸어 상황을 파악했다. 이상하게도 뭔가 사고가 날 것 같다는 예감이 든 때문이다.

고서클 마법사의 예감은 틀리지 않으니 틀림없이 뭔 일이 벌어져도 벌어질 것이다.

본인이야 10서클 마법사이고, 그랜드 마스터이니 전쟁의 한복판에 있어도 유유히 빠져나올 수 있다.

하지만 다른 이들은 아니다. 불의의 사고를 당해 갑작스레 목숨을 잃을 수도 있다.

계열사 경영진은 모두가 소중한 인연으로 맺어진 사람들이다. 그렇기에 염려하는 마음으로 전화를 걸어 혹시 있을지 모를 사고에 대해 철저히 대비하도록 요구했다.

그러면서 업무보고도 받았다.

다행히 사고가 난 곳은 아무 데도 없다. 그리고 계열사 전부 아주 순조롭게 성장하고 있다.

하긴 빚은 하나도 없고, 지분의 100%가 현수에게 있는 회사가 대부분이니 경영권 다툼 같은 불미스런 일이 벌어질 이유도 없다.

꽤 오랜 시간이 걸렸지만 모든 계열사와 통화를 마쳤다.

"흐음! 이 정도면 된 거지?"

스스로에게 물어보곤 고개를 끄덕였다. 그런 현수의 앞에는 뭔가가 잔뜩 메모된 다이어리가 놓여 있다. 계열사 관계자들과 통화한 내용을 꼼꼼하게 메모한 것이다.

기지개를 켜곤 연희의 방으로 갔다.

"산책 어때?"

"호호, 좋아요."

발딱 일어난 연희는 챙 넓은 모자를 챙겨 든다. 오후의 햇살이 제법 따갑기 때문이다.

현수는 연희의 허리에 손을 두르고 다정스레 저택과 호수 주위를 돌며 산책 겸 데이트를 했다. 둘은 태어날 아기의 이름을 무엇으로 하느냐를 이야기했다.

현수는 문득 생각난 어떤 강 씨 이야기를 해주었다. 연희의 성이 강 씨인 때문이다.

어느 봄날, 경주의 어떤 강 씨 집안에 쌍둥이 아들이 태어났다. 아이의 부친은 어떤 이름을 지을까 고심하고 있었는데 마침 아지랑이가 눈에 뜨였다.

참고로 경주에선 아지랑이를 아지랭이라 한다.

하여 큰 녀석에겐 '아지', 작은 녀석이 '랭이' 라 이름을 지어주었다.

아지랑이처럼 솟아올라 큰 인물이 되라는 뜻이다.

몇 년 후, 집 앞 골목에서 놀던 아이들이 울면서 들어왔다. 이유를 물으니 이름 때문이라고 한다.

큰 녀석의 이름은 강아지, 작은 녀석은 강랭이인지라 아이들이 놀려댄 것이다.

이야기를 들은 연희는 깔깔거리며 웃었다.

환한 웃음이 너무도 예뻐서 가던 걸음을 멈추고 뜨겁고 진한 키스를 나눴다.

연희는 임신한 것이 너무나 좋다며 매우 행복해했다. 그렇게 시간이 흘렀다.

저택으로 돌아온 현수는 손수 저녁 식사를 준비했다.

꼬챙이에 절인 고기와 야채를 꽂아서 숯불에 구워 만든 샤

실릭과 토마토소스와 고기를 넣어 끓인 스프 솔란카, 그리고 밀가루 피(皮)에 고기, 생선, 양파, 버섯, 곡물, 딸기 등으로 속을 채워서 구워낸 피로그가 메뉴였다.

이리냐의 모친이 이곳에 머물 때 여러 번 만들어 주었던 것이라 연희는 아주 맛있다며 여러 번 청해서 먹었다.

밤이 되어 침대에 들었다. 팔베개를 해주니 연희는 이내 쌕쌕거리며 곯아떨어진다.

현수는 모처럼 한가하게 보낸 오늘이 마음에 들었다.

아무런 근심 걱정도 없으면 더 좋았겠으나 마인트 대륙으로 가야 한다는 생각이 계속 마음에 걸렸다.

"흐음! 가야지. 죽이 되든 밥이 되든 알아볼 건 알아봐야 하니까. 명색이 10서클 마법산데 조금 움츠러들었던 것 같아. 그런데 내가 왜 그랬지?"

저택 옥상에 오른 현수는 마인트 대륙의 복식으로 의복을 갈아입었다. 그리곤 차원이동을 준비했다.

팔뚝에 마나를 불어넣으니 전능의 팔찌가 보인다.

차원이동에 필요한 마나를 공급해 주는 두 개의 검은 마나석은 새까맣다. 마나가 완충되었음을 뜻한다.

"참, 깜박했네. 아공간 오픈!"

아공간에 있는 데이오의 징벌을 꺼내 보았다.

폼멜엔 장식처럼 초특급 마나석이 박혀 있는데 아직 마나가 차오르지 않은 듯 뿌연 색이다.

"흐음! 도착하면 이것부터 어떻게 해야겠군. 그나저나 이걸 쓸 일이 없어야 하는데. 쩝!"

데이오의 징벌을 다시 아공간에 넣었다.

이제 지구의 일은 잊어야 한다. 만반의 준비를 해두었으니 자신이 자리를 비워도 잘 돌아갈 것이다.

각종 사업에 필요한 돈은 충분하다.

미국과 일본, 그리고 지나와 로스차일드로부터 충분히 뜯어냈다. 그리고 계속해서 막대한 돈이 들어올 것이다.

그것은 미국과 일본, 그리고 지나와 로스차일드가 다른 나라, 혹은 힘없는 사람들로부터 뜯어낸 액수와 비슷할 것이다.

핵심은 민주영과 이은정이다.

둘만 잘해주면 의도한 대로 이루어질 것이다.

지현과 연희, 그리고 이리냐도 지켜보고 있으며 여차하면 달려들어 회사 일을 보도록 해놓았다.

현수는 지구에서 미진한 점이 있는지를 다시 한 번 짚어보았다. 그리곤 마인트 대륙의 좌표를 확인했다.

이제 차원이동할 장소는 아르센이 아니라 마인트이다.

"마나여, 나를 마인트 대륙으로! 트랜스퍼 디멘션!"

샤르르르릉—!

킨샤사 저택에 존재하던 현수의 신형이 스르르 사라진다.

                    *   *   *

"왔군."

멀리 '뿔난 양의 엉덩이'라는 괴상한 이름을 가진 여관 겸 선술집이 보인다.

이곳은 마인트 대륙 북단에 위치한 자유 영지 헤르마이다.

슬쩍 시간을 보니 여명이 아니라면 어둑어둑한 저녁이다. 이때 누군가의 음성이 들린다.

"이봐, 엊저녁에 파티마와 내기해서 이긴 친구는 어떻게 되었대? 키스는 한 거야?"

"친구들이 밤새 주점에 있었는데 아침에 사라졌대."

사내가 둘인데 하나는 키가 크고 말랐으며 다른 하나는 작고 뚱뚱하다.

"키스는 했대? 그게 궁금한 거야."

"그거야 모르지. 그런데 다들 못했을 거라고 해."

키 작은 사내의 말이다. 이에 큰 녀석이 묻는다.

"왜? 내기에서 이겼는데 그냥 놔뒀다고?"

"그래, 파티마가 취해서 토한 데 엎어졌대. 너 같으면 토한 여자 입술에 키스하고 싶겠어?"

키 큰 사내가 얼른 고개를 좌우로 흔든다.

"당근 아니지. 그럼 파티마는 어떻게 되는 거야?"

"어떻게 되긴, 내기에서 졌으니 언젠가는 키스를 할 거고, 그럼 끝이지."

"근데 그놈도 단물 다 빼먹으면 파티마로 하여금 몸을 팔게 할까? 그년 그렇게 내돌리면 얼굴 반반해서 제법 쏠쏠하게 돈을 벌 텐데. 안 그런가?"

"그래, 파티마가 몸을 판다고 하면 사내들이 줄을 설 거야. 그럼 자네도 가게?"

"그럼! 고년 때문에 내가 돈을 얼마나 많이 탕진했는데."

"그래? 몇 번이나 도전했는데?"

"일곱 번."

키 큰 사내의 말에 작은 사내가 고개를 끄덕인다.

"헐! 그럴 만하군. 아무튼 아직은 키스를 안 했나 봐. 파티마가 아직 주점에서 일을 하고 있으니."

"그래? 가보자. 거기 있으면 어찌 되는지 알겠지."

사내 둘이 뿔난 양의 엉덩이로 가는 동안 현수는 자신의 실수를 깨달았다.

파티마의 기억만 지운 게 실수였다. 주점에 있던 사내들 모두 내기 결과를 알고 있음을 간과한 것이다.

오늘 아침, 잠자리에서 일어난 파티마는 골이 깨질 듯한 두통을 느끼고 인상을 찌푸렸다.

대체 왜 이런가 싶었지만 아무것도 생각나지 않는다. 하여 늘 하던 대로 씻고 장사 준비를 하기 위해 홀로 나갔다.

그런데 사람들로 꽉 차 있다. 그리고 모두들 자신의 얼굴만 바라본다. 이에 빽 하고 소리를 질렀다.

"아, 뭘 봐요? 나 처음 봐요?"

"파티마, 했어, 안 했어?"

"네? 하긴 뭘 해요?"

파티마가 대체 무슨 소리냐는 표정으로 바라보자 사내들이 고개를 끄덕인다.

"어제 떡이 되어 기억을 잃었나 봐. 파티마, 어제 젊은 친구랑 술 내기 한 거 기억 안 나? 키스 걸고."

"내가? 어제? 키스를 걸었다고? 내가 미쳤어요?"

"그래, 걸었어. 그리고 졌잖아. 키스했어?"

사내들은 이실직고하라는 표정으로 파티마를 바라본다.

"……!"

파티마는 어젯밤의 일을 기억해 내려 애를 썼다. 그런데 지워진 기억이 어찌 떠오르겠는가.

"몰라요. 생각이 안 나요."

파티마의 말을 믿는 사내는 없었다.

"했네, 했어!"

"그러게. 파티마, 안됐다."

"그 친구는 어디에 있어? 아직 2층에 있어?"

사내들은 현수의 행방을 물었다. 파티마가 기억나지 않는다며 발뺌하고 있다 생각한 때문이다.

"모른다니까요! 정말 몰라요!"

"허어! 파티마가 키스를 하고 그 충격 때문에 기억을 잃었나 봐. 안 그런가?"

"하긴, 신세를 망쳤으니……. 안됐다, 파티마!"

"그 친구가 널 언제 몸 팔기 시킨대?"

"뭐라고욧?"

파티마는 소리를 버럭 지른다. 멀쩡한 자신이 곧 창녀가 될 것처럼 이야기하니 어찌 안 그렇겠는가!

"그렇잖아. 어제 그 친구, 외출자라며. 외출자들은 대개 귀족들이랑 결혼하잖아. 파타마 너는 예쁘기는 해도 평민이고. 그러니 볼 장 다 보고 나면 그때부터는 그걸 시키지 않겠어? 나 같으면 그러겠다."

"그래, 파티마 정도면 돈이 잘 벌릴 거야. 아암!"

"파티마, 나도 갈게. 그때 잘해줘."

"뭐라고욧? 어서 썩 여기서 나가요! 그리고 다시는 오지 말아요! 어서요! 아, 어서요! 빨랑 나가요!"

파티마는 홀에 있는 사내들을 모조리 쫓아냈다.

이때 동생 야흐야가 왔다. 매일 아침 홀을 청소하는 임무를 맡은 때문이다.

"누나!"

"그래, 야흐야! 너는 알지? 누나가 어제 진짜로 술 내기를 하면서 키스를 걸었어?"

"응, 그랬어. 그리고 졌잖아. 어제 그 외출자 형아가 누나를 안고 누나 방으로 갔는데 기억 안 나?"

"……!"

파티마의 얼굴이 하얗게 질린다.

동생은 거짓말을 할 줄 모르기 때문이다. 그러는 사이 야흐야가 어제 있었던 일을 이야기했다.

처음 보는 사내와 키스를 하고 같은 방을 쓴 모양이다.

파티마는 서둘러 제 방으로 돌아가 침대와 자신의 몸을 살폈다. 첫날밤의 흔적을 찾는 것이다.

"없는데……. 아프지도 않고."

파티마는 고개를 갸웃거리며 입술을 만져본다. 키스를 했다면 아무리 취했어도 생생히 기억이 나야 한다.

일생이 걸린 충격적인 일이기 때문이다. 그런데 전혀 기억이 나지 않는다.

"너무 충격적이라 그런가?"

사람들은 너무 두렵거나 심히 불쾌한 일, 또는 심한 욕구 불만의 상태에 부딪치게 되면 스스로를 지키기 위해 의식적으로 기억을 지우기도 한다.

이를 정신과에선 정신기제(精神機制)라 한다.

파티마는 이런 것도 모르면서 용케도 자신의 상태를 파악한 듯싶다.

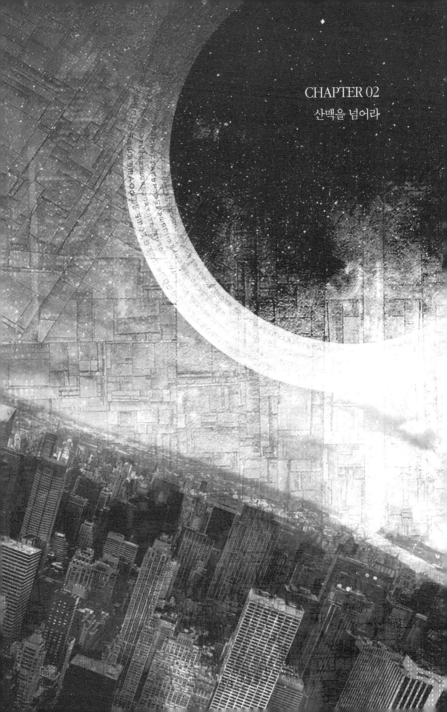

CHAPTER 02
산맥을 넘어라

"정말 내가 그랬을까?"

파티마는 현수를 떠올려 보았다. 기억나는 건 처음 홀에 들어왔을 때 주문하던 그때뿐이다.

파티마는 제 방에 틀어박혀 하루 종일 나오지 않았다.

점심시간이 지나자 홀은 손님들로 넘쳐났다.

소문이 번진 때문이다. 그간 파티마와 내기를 했다 주머니를 털린 사내들 거의 대부분이 와 있다.

신세 망친 파티마를 보러 온 것이다.

이 주점의 주인이자 주방장인 파티마의 부친은 손님들로

부터 이야기를 듣고 낙담했다. 딸의 신세가 걱정되어서이다.

사람들은 파티마가 나타나지 않자 신세 망친 걸 한탄하고 있다면서 축배를 들었다.

이곳도 남의 불행은 나의 행복인 모양이다.

"흐음, 퍼시발 산맥을 넘어가야 한다고 했지?"

퍼시발 산맥은 헤르마가 자유 영지일 수 있게 하는 가장 큰 요인이다. 중앙의 명령이 이 산맥에 가로막혀 전달되기 힘든 때문이다.

"배는 허가된 자들만 탈 수 있다니 할 수 없군."

신분증이 없고 통행증 또한 없으니 배가 있어도 탈 수 없다. 몰래 승선하는 방법도 있겠지만 그러고 싶지 않았다.

발각되면 앞으로의 행보에 어려움이 있을 수도 있기 때문이다. 하여 산맥을 넘어 로렌카 제국의 수도 맥마흔으로 갈 마음을 품었다.

파티마는 아르셴 대륙에서 데려온 여인들은 거의 모두 수도로 간다고 했다. 따라서 다프네가 그곳에 있을 확률이 매우 높기 때문이다.

"쩝! 하루는 여기서 자야 하나?"

벌써 날이 어두웠기에 뿔난 양의 엉덩이로 향했다. 다른 곳으로 가도 됨에도 저도 모르게 향한 것이다.

삐이걱―!

"와아! 드디어 왔군, 왔어!"

"……!"

문을 열고 한 발을 떼었을 뿐인데 모든 시선이 현수에게 쏠린다. 결코 원하지 않은 반응이다.

"이봐, 외출자 친구! 파티마를 데려갈 건가?"

'으잉?'

시선을 돌려보니 서른쯤 된 장한이다. 자신의 물음에 현수가 금방 대답하지 않자 다시 말을 잇는다.

"이봐, 파티마는 데려가지 말게. 돈을 벌려면 여기가 훨씬 좋을 거야. 파티마를 원하는 녀석들이 많거든."

"그게 뭔 소립니까?"

돈을 번다는 말의 뜻을 이해하지 못한 현수가 눈썹을 치켜 올리자 다 알면서 왜 이러느냐는 표정이다.

"그간 파티마에게 당한 녀석들이 한둘이 아니네. 그 녀석들, 몸이 달아 있어. 그러니 여기서 몸을 팔게 하면 금방 거금을 벌 수 있을 거라는 거지."

"뭐를 팔아요?"

몸을 판다는 말이 진심이냐는 표정으로 반문하자 장한이 현수를 빤히 바라보며 말을 잇는다.

"자네 외출자라며? 그럼 귀족이랑 결혼할 거 아닌가? 파티마는 평민이라고. 적당히 즐긴 후엔 이곳 헤르마의 사내들에게도 기쁨을 나눠 줘야 하지 않겠나?"

사내의 말이 끝나기가 무섭게 곁에 있던 살집 두둑한 사내가 고개를 끄덕이며 끼어든다.

"맞아. 파티마라면 다른 애들 주는 것에 두 배까지 낼 용의가 있네. 4실버라면 하루에 아무리 못해도 80~100실버를 버는 거네. 한 달이면 24골드에서 30골드를 버는 거라구."

참고로 1골드는 100만 원에 해당된다. 따라서 24~30골드는 2,400만~3,000만 원을 의미한다.

월수입이 이 정도라면 제법 짭짤하다.

현수는 자신더러 포주 노릇 하라는 사내들의 태도에 기가 막혔다.

"아니! 이 사람들이 지금 누굴……!"

그런데 생각해 보니 자신에게 그럴 권리가 있나 싶다.

파티마와 무얼 한 것도 아닌데 마치 마음대로 할 수 있는 권한을 가진 사람처럼 대하고 있다.

'혹시 키스를 하면 그렇게 되는 건가? 에이, 아니겠지. 고작 키스 한 번 했다고 사람을 마음대로 해? 그건 아닐 거야. 근데 다들 왜 이러지?'

현수는 고개를 갸웃거렸지만 반문하진 않았다. 정체가 드러날 일은 가급적 하지 말아야 하기 때문이다.

"이봐, 꼬맹아! 여기 식사 일 인분 줘."

"네, 형아!"

야흐야가 주방으로 들어가 주문받은 걸 이야기하고 튀어 나온다.

"잠시만 기다리세요. 그나저나 누나는요? 형아가 데리고 갈 거예요?"

"누나? 파티마 말이냐?"

"네, 우리 누나요. 이제 형아 거잖아요."

"내 거?"

"네, 근데 누나 안 데리고 가면 안 돼요? 네?"

야흐야는 제발 누나를 데리고 가지 말라는 듯 애처로운 표 정으로 현수를 올려다본다.

"그래! 널 봐서 누나 안 데려갈 테니 걱정 마."

"정말이죠? 야호! 하하! 하하하!"

야흐야 이브라힘은 두 손을 흔들며 환호한다.

저녁 식사를 마친 현수는 2층 객실로 들어갔다. 예상대로 침구는 냄새가 났고 벌레도 많았다.

'끄응, 여기서 자야 하나?'

밖에 나가 텐트를 쳐도 되지만 이목이 있어 자제하려 했는 데 아무래도 그래야 할 것 같다.

하여 밖으로 나가려는데 노크 소리가 들린다.

똑, 똑, 똑—!

"누구요?"

"저예요, 파티마. 들어가도 돼요?"

"…들어와."

삐이걱—!

문이 열리자 낯빛 어두운 파티마가 고개를 들어 현수를 바라본다. 오늘 들은 이야기를 종합해 보면 이 사내는 자신의 입술을 가져갔을 것이다.

술에 취했다고는 하지만 그냥 놔뒀을 리 없었다. 사내란 치마만 두르면 환장하는 족속이기 때문이다.

"계속 거기에 서 있을 거야?"

"아뇨. 들어가요."

문을 닫은 파티마는 잠시 호흡을 고른다.

"저어, 어제 저와 키스했나요?"

"그건 왜? 몰라서 물어?"

너무 심각해하니 슬쩍 놀리고픈 마음이 든다.

"그럼 제가 주인님이라고 불러야 하는 건가요?"

"주인님? 아니, 손님이라고 불러. 난 네 주인이 아니니까."

"그 말씀, 진심인 거죠?"

현수는 대답 대신 고개를 끄덕였다.

지금은 파티마와 노닥거릴 시간이 아니다. 산맥을 통과한 뒤 어떻게 해야 할지 생각할 시간이기 때문이다.

"정말인가요?"

"그래, 아직 키스 안 했어."

"…아직이라고요?"

"응. 마음에 안 들면 그때 하려구. 근데 나 지금 좀 쉬고 싶은데 거기 그러고 있으면 슬쩍 마음에 안 들 수도 있어."

"아, 알았어요. 나갈게요."

"그래, 내일 아침에나 보자구."

파티마는 서둘러 나간 뒤 안도의 한숨을 몰아쉬었다.

현수가 오기 전까지 세상이 무너지는 듯한 절망감 속에 잠겨 있었기 때문이다.

"씰!"

현수는 봉인 마법으로 문을 닫았다. 그리곤 텔레포트했다. 지구에서 이쪽으로 차원이동했을 때 당도한 곳이다.

적당한 곳을 찾아 컨테이너를 꺼내놓았다. 라이트 마법으로 불을 밝히곤 주점으로 가는 길에 산 지도를 펼쳤다.

마인트 대륙은 호박처럼 둥근 모양이고, 약간 오른쪽 위에 꼭지가 달려 있다. 이곳 헤르마가 있는 곳이다.

참고로, 헤르마의 크기는 남한보다 약간 크다..

그리고 마인트 대륙의 전체 넓이는 아시아와 유럽, 그리고 아프리카와 남미 전체를 합쳐놓은 것보다도 크다.

"으음! 엄청 크네."

현수는 슬쩍 이맛살을 찌푸렸다. 수도 맥마혼까지 너무 멀어서이다. 아무리 짧게 잡아도 3,000km는 가야 한다.

그런데 상당히 많은 산맥과 강을 거쳐야 한다.

파티마에게 들은 이야기에 의하면 도시로 들어갈 때뿐만 아니라 다리를 건널 때에도 신분증 검사를 한다.

"여긴 주민등록증을 쓸 수도 없는 곳이니. 쩝!"

아르센 대륙에선 아주 유용했는데 이곳에선 침입자라는 증명서가 될 판이다.

나라라곤 로렌카 제국 하나뿐인 때문이다.

지도엔 각각의 영지가 굵은 점선으로 구획되어 있다.

그리고 여러 가지 색으로 칠해져 있는데 가만히 살펴보니 공, 후, 백, 자, 남작의 영지를 구분하는 것이다. 색깔별로 영지의 크기가 달랐기에 쉽게 추론해 낼 수 있었다.

수도 맥마혼은 서울시(605㎢)와 경기도(10,184㎢)를 합친 정도의 크기이다.

공작령은 81개, 후작령 158개, 그리고 백작령 372개와 자작령 769개, 남작령 1,620개로 분할되어 있다.

3,000개의 영지 이외에도 칠해지지 않은 부분이 상당히 많다. 험준한 산자락 밑이거나 사막 등이다.

이 면적은 대륙 전체의 3분의 1 정도 된다.

이 정도 크기라면 작위는 받았지만 영지가 없는 귀족도 상당수가 있을 것이다.

자세히 살펴보니 대륙 곳곳에 점이 찍혀 있다. 뭔가 싶어 살펴보니 포탈 마법진이 있는 곳으로 여겨진다.

영주가 없는 자유 영지 헤르마에도 하나 찍혀 있는 것을 보고 추론한 것이다.

확인해 보니 703개나 된다.

다 헤아리고 나니 문득 이상한 생각이 든다.

"뭐야? 포탈 마법진이 제대로 작동하려면 5서클 이상의 마법사가 관리해야 하는데 그럼 여기에 그런 마법사가 700명 이상 있다는 거야?"

아르센 대륙엔 현수 바로 다음의 7서클 마법사가 일곱 명뿐이다.

이 중 여섯 명은 마탑주이고, 한 명은 현수 덕에 깨달음을 얻은 아르가니 에이런 판 포인테스 공작이다.

현수의 아내로 내정된 케이트의 조부이기도 하다.

이실리프 마탑을 제외한 대륙 7대 마탑 중 하나는 고작 6서클 마법사가 탑주이다.

아르센 대륙의 마법사 전력은 10서클 마스터 1명, 7서클 7명, 6서클 41명, 5서클 165명, 4서클 661명, 3서클 3,211명으로 총원 4,086명이다.

이는 7대 마탑에서 파악하고 있는 숫자이다.

2서클 이하는 얼마나 많은지 헤아려 보지 않아 확실한 숫자는 모른다.

어쨌거나 5서클 이상은 214명뿐이다.

"마법사가 기사들을 깡그리 몰아냈다고 하더니 전력이 무시무시하군."

아르셴 대륙의 모든 마법사와 기사가 총동원되어도 마인트 대륙에 비해 열세라는 생각이 든다.

마법사란 하나보다는 둘이, 둘보다는 셋이 뭉쳐 있을 때 더 강한 힘을 내기 때문이다.

"5서클이 700명이면 4서클과 3서클 마법사는 대체 몇 명이라는 건가?"

아르셴 대륙을 기준으로 삼는다면 4서클 마법사는 2,800명이고, 3서클은 이의 다섯 배인 14,000명이나 된다.

3서클 마법사 다섯 중 하나가 4서클로 오르는 것을 감안한 수치이다. 같은 방법으로 6서클과 7서클을 추산해 보면 각각 175명과 30명이다.

"마법사의 제국이란 말이 나올 만도 하네."

강력한 무력을 행사할 수 있는 마탑이 30개 이상 있는 것과 다름없기에 중얼거린 말이다.

"가만. 포탈을 관리하는 자가 라쉬드라 했던가? 진짜 5서 클 이상인지 확인해 봐야겠군."

현수는 컨테이너를 회수했다. 그리곤 곧장 포탈 마법진 인근으로 다가갔다.

파티마의 말대로 마법진 전면에 신전처럼 지어진 큰 건물이 있다. 3층짜리 저택 좌우엔 2층짜리 집이 세 채씩 있다.

중앙의 가장 큰 저택은 포탈 마법진의 총책임자인 라쉬드의 집이고, 나머지 여섯 채는 휘하 마법사들의 것이라 했다.

각각 담장으로 둘러싸여 있는 걸 보면 독립된 생활을 하고 있음을 짐작할 수 있다.

마법진의 뒤쪽엔 두 개의 커다란 건물이 있는데 200명에 달하는 병사가 머무는 곳인 듯싶다.

현수는 경계근무 중인 병사들을 지나 저택으로 다가갔다.

잠시 라쉬드의 저택을 살펴보니 침입자를 대비한 알람 마법진이 설치되어 있다. 하지만 현수에겐 무용지물이다.

안에 들어가 보니 저택의 내부는 호화롭고 넓었다.

"마나 디텍션!"

샤르르르-!

내부를 샅샅이 훑었지만 5서클 이상의 마법사는 없다.

일곱 명의 여인과 여섯 명의 아이, 그리고 스물한 명의 시녀와 열네 명의 노예만 있을 뿐이다.

보아하니 아내가 일곱 명인 모양이다.

바깥으로 나와 옆집들을 살펴보았다.

좌우측 저택엔 다섯 명의 여인과 네 명의 아이, 그리고 열다섯 명의 시녀와 열 명의 노예가 있었다.

다음 집들엔 세 명의 여인과 일곱 명의 아이, 그리고 아홉 명의 시녀와 여섯 명의 노예가 있다.

가장 외곽의 집엔 두 명의 여인과 다섯 명의 아이, 그리고 여섯 명의 시녀와 네 명의 노예가 있다.

뭔가 규칙이 있는 듯하다. 여인 하나당 시녀는 셋이고 남자 노예는 두 명꼴이다.

라쉬드의 저택에 아이들이 적은 이유는 다 큰 자식들은 출가하여 나간 때문인 듯싶다.

"그런데 뭐야? 이 시각에 아무도 없어?"

지구로 따지면 지금은 밤 11시쯤 되었다. 밤 문화가 발달되지 않은 이곳은 모두가 잠들어 있어야 할 시각이다.

그런데 마법사가 하나도 없다.

"마법진엔 아무도 없었는데 다들 어딜 갔지?"

고개를 갸웃거린 현수는 바깥으로 나와 주변을 살폈다. 저택 인근만 횃불이 밝혀져 있을 뿐 깜깜하다.

"마나 디텍션!"

샤르르르—!

다시 한 번 마나를 뿜어내 주변을 살폈다. 현수는 정신을 집중하여 움직이는 물체를 파악해 갔다.

"저기군."

약 100여 인영이 부산스레 움직이는 것이 파악되었다. 현수는 은밀히 다가갔다.

"다시 한 번 실시! 분명 뭔가 있다. 흔적을 찾아라."

"네, 대장님."

약 서른쯤 되어 보이는 사내의 말에 환갑은 족히 되었을 사내가 허리를 꺾는다.

그리곤 눈을 감은 채 주변을 서성거린다.

'대체 뭐 하고 있는 거지?'

이곳은 현수가 차원이동을 했던 곳이다.

지구로 갔을 때 라쉬드는 특유의 예민한 감각으로 대규모 마나유동을 느꼈다.

하여 즉시 이곳을 조사했지만 아무것도 없었다.

자연적으로 마나 유동이 일어나는 일은 없다.

하여 모래밭에 떨어진 바늘이라도 찾아내겠다는 심정으로 샅샅이 조사했다. 하지만 어떤 마법이 구현되었는지조차 알아낼 수 없었다.

이상을 느낀 라쉬드는 수도에 보고했다. 본인이 파악할 수 없는 이상 징후가 발생되었음을 알린 것이다.

그래놓고 잠시 쉬고 있었는데 또 이곳에서 대규모 마나유동 현상이 느껴졌다. 현수가 지구에서 이곳으로 차원이동한 것을 감지한 것이다.

라쉬드는 그 즉시 휘하 마법사 전부와 병사 백 명을 이끌고 이곳을 다시 찾았다.

그리고 현재에 이르기까지 수색 중이다.

헤르마 포탈 마법진 관리책임자 라쉬드는 이맛살을 잔뜩 찌푸리고 있다. 세 번이나 이상한 일이 일어나자 마음에 걸려서이다.

첫 번째는 포탈 마법진에서 발생되었다.

인간이 거주하지 않는 블랙일 아일랜드에서만 올 수 있는 마법진이 예고 없이 반응했다.

라쉬드가 알기로 아르센 대륙으로 파견 나간 외출자는 더 이상 없다. 외출자의 출입은 아주 엄격하게 통제되고 있으며 항상 이곳 헤르마에서 출발하기에 정확히 알고 있다.

따라서 포탈 마법진은 절대 작동하면 안 되었다. 그런데 작동했고 아무도 당도하지 않았다.

마법이란 우연히 일어나지 않는다. 원인이 있어야 하며 작동 원리는 정해져 있다. 이런 연유로 저절로 반응한 포탈 마법이란 건 있을 수 없다.

이상하다 여겼는데 대규모 마나유동 현상이 연거푸 두 번이나 일어났다. 그것도 같은 장소에서 약간의 시차를 두고 일어난 일이다.

분명 뭔가가 있다 여겼기에 깊은 밤이건만 횃불을 밝힌 채 사방팔방을 샅샅이 뒤지는 중이다.

'흐음! 저자인가?'

현수는 한 곳에 멈춰 선 채 사람들의 움직임을 살피는 30대 초반의 사내를 보았다.

'몇 서클일까?'

현수는 사내의 서클 수를 확인하려 시선을 집중시켰다.

'으잉? 5서클이 아니야? 헉! 6서클?'

사내의 심장 부위엔 여섯 개의 서클이 빙글빙글 돌고 있다. 상당히 두텁고 탄탄하니 마스터급이다.

현수는 대경실색하지 않을 수 없었다.

아르센 대륙이라면 눈을 씻고 찾아봐도 찾기 힘든 고위 마법사가 고작 포탈 마법진의 책임자로 있기 때문이다.

'헐! 그럼 뭐야? 6서클 마법사가 최하 700명이라는 거잖아. 그럼 7서클은 175명쯤 되고 8서클도 30명은 된다는 거네. 아니다. 포탈을 책임진 자의 숫자가 이러하니 실제로는 그보다 훨씬 더 많겠다.'

현수는 심각한 표정이 되었다. 이 땅을 차지한 마법사의 수효가 엄청 많다는 이야기를 들은 바 있기 때문이다.

"포탈 마법진이 중요하기는 하지만 마탑이나 황궁 등이 더 중요해. 아울러 각 영지의 영주들의 화후도 높을 거구."

현수의 이런 짐작은 옳았다.

'근데 이게 말이 돼? 어떻게 이럴 수 있지?'

현수는 대기 중의 마나 농도를 느껴보았다. 아르센 대륙이나 이곳이나 별반 다를 바 없다.

아르센엔 8서클과 9서클 마법사가 단 하나도 없다. 그런데 여긴 그런 사람이 30명 이상 있는 것 같다.

너무나 확연한 차이이다.

'여긴 대체 뭐야? 좋아, 나머지도 확인해 보자.'

현수는 이맛살을 찌푸리면서도 나머지 마법사들의 서클을 확인해 보았다.

5서클과 4서클, 그리고 3서클이 각각 두 명씩이다.

'세상에… 어떻게 이럴 수가!'

아르센 대륙에서 이실리프 마탑을 제외하고 가장 강한 전력을 가진 것으로 알려진 곳은 혈운의 마탑이다.

7서클 유저가 마탑주이고, 6서클 3명, 5서클 12명, 4서클 89명 등으로 이루어져 있다.

라쉬드는 6서클 마스터 수준이고, 5서클 마법사들 둘 다 6서클을 목전에 둔 5서클 마스터이다.

4서클들도 5서클에 육박하니 6서클 셋에 5서클 둘이나 마

찬가지이다. 이 정도면 아르셈에서 가장 약한 마탑의 전력과
엇비슷하다.

'흐음, 다른 포탈들도 이러하다면 마탑이 700개 이상이라
는 것과 같은 거군.'

현수는 심각한 표정이 되었다. 어쩌면 복마전, 또는 호구(虎
口)일지도 모를 곳에 들어온 느낌이 든 때문이다.

책임자인 라쉬드는 아내가 일곱이었다.

6서클이면 아르셈 대륙의 어느 나라를 가든 후작위를 받을
수 있다. 그 정도 자리라면 이 정도 호사는 충분히 누릴 수 있
을 것이다.

'흐음!'

현수는 침음을 냈다.

포탈을 관리하는 자리에 6서클 마법사들이 파견되어 있다
면 수도엔 7서클 이상이 널려 있다는 뜻이다.

7서클부터는 현수가 마나를 감춰도 눈치챌 수 있다. 동조
현상 때문에 완벽하게 감춰질 수 없기 때문이다.

'조심해야겠군.'

현수는 슬그머니 물러났다.

"여기, 여기가 이상하다. 조사해."

라쉬드의 말에 마법사들이 우르르 몰려든다. 방금 전까지
현수가 있던 자리이다.

마법사들이 난리법석을 피울 때 현수는 헤르마 외곽으로 자리를 옮겼다. 마법사들과 조금이라도 더 멀리 있는 것이 낫다 생각한 것이다. 이는 조금만 방심해도 본인의 존재를 눈치챌 수 있기 때문이다.

'여긴 뭐지? 마나심법이 아르센과 많이 다른가?'

마나를 더 많이, 그리고 더 빠르게 모을수록 서클 수를 늘리는데 유리하기에 떠올린 생각이다.

'일단 날이 밝자마자 곧장 산맥을 넘어야겠군. 최대한 주의를 해야지. 그나저나 히말라야 산맥처럼 높진 않겠지?'

총연장 2,576km짜리 히말라야 산맥엔 고산준봉이 즐비하다. 그중 하나는 높이 8,848m짜리 에베레스트이다.

비행기와 인도 기러기만이 넘을 수 있다는 산이다.

현수는 조금 더 멀리 가 컨테이너를 꺼냈다. 헤르마 중심지로부터 대략 5km 정도 떨어진 곳이다. 10서클 마스터인 본인도 이 정도 거리면 감지하지 못하기 때문이다.

불을 밝히고 이곳에 대해 추론을 해보았다. 예상대로 9서클 마법사가 30명 이상이라면 주의를 기울여야 한다.

조직적으로 대항할 경우 제압하는 게 쉽지 않기 때문이다.

현수는 최악의 경우를 대비하여 9서클 마법사 30명과의 대결을 심상으로 그려보았다.

예상대로 쉽지 않다. 일 대 다수의 대결에선 번번이 마나

고갈 현상이 빚어진다.

9서클 마법사들의 중첩된 실드는 웬만한 마법으론 깰 수가 없다. 당연히 7서클 이상의 마법이 난사되어야 하는데 워낙 마나 소모량이 많아 본신은 물론이고 켈레모라니의 비늘에 담긴 것까지 다 뽑아 써야 한다.

30명 전부를 9서클 마스터로 잡은 때문이다.

그렇게 열 번을 대결해 보았는데 확실한 승기는 딱 한 번이다. 아홉 번은 황급히 몸을 빼야 했다.

'으으음! 심각하군.'

새벽 동이 틀 때 현수가 내린 결론이다.

현수는 날이 밝자마자 산맥 안으로 들어갔다.

생각보다 훨씬 악산이다. 끝없는 오르막길과 빽빽한 수림은 전진을 힘들게 했다. 하지만 그랜드 마스터의 체력이 있기에 꾸준히 올라갈 수 있었다.

혹시 있을지 모를 수색대를 피하기 위해 흔적을 지우는 것이 귀찮았지만 만일을 위해 그렇게 했다.

반나절을 올라간 뒤 잠깐 휴식을 취했다.

산의 경사도가 심해서 그런지 몬스터는 물론이고 짐승조차 발견되지 않았다.

쉬는 동안에도 심상 대결은 계속되었다. 아르센 대륙에 발을 디딘 이후 현수는 딱 두 번 곤란함을 겪었다.

하나는 아무리안 델로 폰 타지로칸이라는 9서클 리치와의 대결 때이다. 당시의 현수는 8서클이었다. 아공간의 적절한 활용이 없었다면 큰 화를 입을 뻔했다.

두 번째는 라이세뮤리안과의 대결이다.

암살하기 위해 장거리 저격소총까지 동원하고도 차원이동 마법으로 도주를 택해야 했다.

그 후론 위기다운 위기가 없었다.

10서클 마법사가 되고 그랜드 마스터가 되었으니 드래곤과도 맞장을 뜰 수 있기에 그랬다.

그런데 지금은 왠지 초조함이 느껴진다. 이곳에 온 목적은 다프네를 구하기 위함인데 쉽지 않을 듯하기 때문이다.

다프네는 라수스 협곡에서 안내할 때에도 아름다웠다.

그 후 노예로 팔기 위해 치장하면서 드러나지 않던 아름다움이 폭발했을 것이다.

모든 사내가 군침을 흘릴 정도가 된 것이다.

이렇듯 출중한 미모를 가졌는지라 로렌카 제국의 고위 귀족, 또는 마법사에게 보내졌을 것이다.

그런데 다프네는 평범한 여인이 아니다. 하프 드래곤이라 할 수 있는 드래고니안이다.

이곳 마인트 대륙의 드래곤은 오래전에 멸종되었다. 언제, 무슨 연유로 그리되었는지는 파티마도 모른다고 했다.

그렇기에 다프네의 정체를 알게 되면 그녀를 매개로 삼아 마법의 조종인 드래곤에 대한 연구가 시작될 것이다.

용언 마법이 탐나기 때문이다.

마법사는 호기심으로 시작해서 그 호기심이 충족될 때까지 탐구하는 족속이다. 따라서 다프네가 아내 될 여인이니 내달라고 해도 순순히 내주지 않을 것이다.

그렇다면 마찰이 빚어질 텐데 웬만하면 이기겠지만 떼로 덤벼들면 쉽지 않을 것이다.

"으음!"

현수는 낮은 침음을 냈다. 그리곤 다시 걸음을 옮겼다. 저녁나절이 되었을 때엔 상당히 높은 부분까지 올라갔다.

"산 밑의 온도가 30℃쯤 되었는데 여긴 10℃밖에 안 되는 거 같군."

지구에선 고도가 100m 높아질 때 −0.6℃가 된다. 20℃나 낮아지려면 3,333m를 올라야 한다.

현수는 꼭대기를 바라보았다. 아직 반도 못 오른 것 같다.

'끄응! 대체 얼마나 높은 거야?'

눈대중으로 확인해 보니 거의 10,000m는 되는 듯싶다.

서둘러 저녁을 챙겨 먹고 적당한 자리를 찾아 컨테이너를 꺼내놓았다. 텐트가 아닌 컨테이너를 선택한 건 혹시라도 있을지 모를 몬스터나 짐승의 습격을 대비하기 위함이다.

드래곤이라 할지라도 두렵지는 않지만 심상 대결이 깨질 것을 저어한 조치이다.

문을 닫고 고요히 눈을 감았다. 그리곤 9서클 마법사 30명과의 단체전을 개시했다.

대단위 공격 마법인 라이트닝 퍼니쉬먼트로 공격을 개시하자 범위 안의 마법사들은 일제히 실드를 중첩시킨다. 다섯 개의 실드까지는 파고들었지만 그 이상은 무리이다.

이 순간 등 뒤에 있던 마법사들 또한 라이트닝 퍼니쉬먼트로 현수를 공격한다. 이번에도 중첩이다.

현수는 앱솔루트 배리어를 구사했다. 그와 동시에 전능의 팔찌에도 같은 마법을 구현시킨다.

수많은 번개가 가장 외곽의 배리어를 두들기는데 견디지 못하고 깨지자 두 번째 배리어가 이를 막는다.

현수의 공격이 멈추자 조금 전에 공격을 받은 마법사들까지 일제히 라이트닝 퍼니쉬먼트로 현수를 공격한다.

빛의 향연 정도가 아니다. 현수를 중심으로 너무 많은 번개가 명멸하기에 현수가 마치 빛 덩어리처럼 보인다.

30명에 의한 라이트닝 퍼니쉬먼트는 전능의 팔찌가 생성시킨 앱솔루드 배리어마저 깬다.

그 순간 왼쪽 가슴의 켈레모라니의 비늘로부터 새로운 앱솔루트 배리어가 만들어진다.

번쩍! 번쩍번쩍! 번쩍번쩍! 번쩍번쩍一!

"앱솔루트 배리어!"

현수는 재차 절대 방어 마법을 구현시켰다.

하여 또다시 두 겹의 앱솔루트 배리어가 쳐지자 상대 마법 사들의 공격이 무위로 돌아간다.

그 순간 현수의 입술이 달싹인다.

"미티어 스트라이크!"

고오오오, 고오오오오一!

"앱솔루트 배리어, 앱솔루트 배리어, 앱솔루트 배리어!"

콰콰콰쾅! 콰콰콰콰콰쾅! 콰콰콰콰콰콰쾅一!

소환된 운석들이 상대 마법사들을 강타했지만 겹겹이 생 성된 앱솔루트 배리어를 모두 뚫은 것은 아니다.

"파이어 퍼니쉬먼트! 파이어 퍼니쉬먼트!"

현수가 딛고 있는 땅거죽이 들썩이더니 뜨거운 용암이 솟 구쳐 오름과 동시에 하늘에서 불비가 쏟아져 내린다.

"플라이! 앱솔루트 배리어!"

허공에 몸을 띄운 현수는 배리어로 전신을 보호하는 한편 상대 마법사들을 공격하기 위한 대단위 마법을 준비했다.

CHAPTER 03
9서클 마법사들과의 대결

"어스 퍼니쉬먼트!"

상대 마법사들의 발아래에서도 용암이 솟구친다. 그와 동시에 하늘로부터 불타는 돌덩이들이 비처럼 쏟아져 내린다.

"플라이! 앱솔루트 배리어!"

티팅! 티티티팅! 티티팅! 티티티티팅!

돌덩이들이 배리어에 맞고 떨어지는 소리와 뜨거운 불길이 타오르는 소리로 요란하다.

하지만 현수와 상대 마법사 모두 아직은 조금도 다치지 않았다. 마나 소모만 극심할 뿐이다.

"끄응! 이 방법은 안 되겠군."

나직한 침음을 낸 현수는 고개를 설레설레 흔들었다.

이론상 10서클 마법사는 9서클 마법사들을 압도해야 한다. 그런데 현실은 그러하지 못했다.

서로가 알고 있는 마법이 같기 때문이다. 현수는 10서클이 되었지만 10서클 공격 마법을 알지 못한다.

같은 마법이라도 상대보다 위력이 강할 뿐이다. 그런데 상대가 여럿이니 이기는 것이 쉽지 않다.

"10서클 마법을 뚝딱 만들어낼 수도 없고."

아리아니와 정령들이 아쉽다. 그런데 모두 떼어놓고 왔다. 지구에서 할 일이 많기 때문이다.

원칙적으로 아리아니는 현수와 떨어져선 안 된다. 마나에 종속되어야 존재할 수 있기 때문이다. 하여 현수가 있는 곳으로부터 최대 이격 거리가 5㎞였다.

그런데 이 문제는 간단히 해결했다.

아공간 관리인으로 임명한 순간부터 둘 사이의 거리가 아무리 멀리 떨어져도 괜찮게 된 것이다. 아공간 자체가 마나로 유지되는 것이기에 가능한 일이었다.

현수는 지구를 떠나기 전 새로운 아공간을 형성시켰다.

아리아니가 열고 닫을 수 있는 것이다. 그 안에는 마나집적진 속에 넣어두었던 초특급 마나석이 여러 개 들어 있다.

지구에선 수정이라 하는 것이다. 그렇기에 아리아니를 지구에 떼어놓고 올 수 있었던 것이다.

어쨌거나 아리아니와 물, 불, 바람, 땅의 최상급 정령은 없다.

아르센 대륙의 정령들은 아리아니를 통해 부르곤 했기에 현수는 본인이 직접 부를 수 있는지의 여부를 알지 못한다.

'여기서 불러봐? 아냐. 조금 더 높이 올라가서.'

혹시라도 근처에 마법사가 있을 수 있었다. 아무도 모를 곳에 은신처를 만드는 게 그들의 습성이기 때문이다.

"젠장! 10서클 마법은 뭐로 만들지?"

핵폭탄과 같은 위력을 내는 마법이라면 9서클 마스터들이 겹겹이 형성시킨 앱솔루트 배리어를 파괴하고 타격을 입힐 수도 있을 것이다.

하지만 애써 그런 걸 생각해 낸다 해도 그게 이루어지도록 룬어와 마나 배열을 하는 것은 결코 쉽지 않다.

10서클 마법을 설계에 비유하자면 아주 정교한 석유화학 플랜트 하나를 만들어내는 것과 다름없기 때문이다.

토목과 건축, 그리고 발전설비, 전기설비, 배관설비, 기계 등 모든 산업기기가 총집결된 공장이니 설계가 쉽고 간단할 리 없다.

저장조, 펌프, 각종 배관류, 밸브, 반응기, 열교환기, 증류탑, 냉각탑, 필터 등등이 유기적으로 결합되어야 하는데 프로

세스에 따라 달라지니 매우 어려운 일이다.

현수는 밤새도록 심상 대결을 시도했다, 스무 번 중 겨우 한 번 승기를 잡았다. 5% 확률이다.

나머지 열아홉 번은 마나 고갈로 인한 패배였기에 현수의 이맛살은 잔뜩 찌푸려졌다.

"이러면 가도 소용이 없는데. 끄응!"

날이 밝자 현수는 백두마트에서 팔던 샌드위치로 아침 식사를 때웠다. 그리곤 다시 산을 오르기 시작했다.

길도 없고 가다 보면 깊은 계곡도 있어 오르락내리락을 반복해야 했다. 플라이 마법을 쓰면 간단하지만 그러지 않았다. 간간이 마법사의 은신처가 눈에 뜨인 때문이다.

"에구, 하필이면 왜 여기에 와서……."

아무런 방해 없이 혼자만의 수련을 하기에 더없이 좋은 곳인지라 뭐가 타박할 수도 없다.

하루 종일 걸어서 당도한 곳의 기온은 10℃ 정도 된다. 어제보다 더 열심히 걸었지만 비슷한 높이에 당도한 것이다.

다행인 점은 내일부턴 곧장 오르막이라는 것이다.

'장딴지가 딴딴해졌네.'

컨테이너 안에서 종아리를 주물럭거렸다. 그랜드 마스터라 할지라도 강철은 아닌지라 근육에서 통증이 느껴진다.

치이익! 치이익―!

잠시 주무르다 뿌리는 파스를 분사시켰다. 밤새 주무르고 있을 수는 없기 때문이다.

저녁 식사는 햄버거를 만들어서 먹었다. 그리곤 곧장 심상 대결에 들어갔다.

달라진 것은 없다. 스무 번의 대결에서 두 번 승기를 잡았다. 이겨서 전부 제거했다는 것이 아니다.

조금 여유롭게 대결에 임했다는 것뿐이다.

대결을 끝까지 끌고 가면 결국 현수가 패한다. 마나 고갈이 발목을 잡는 때문이다.

그래도 본인의 기량이 나아진 걸 느꼈다. 마법과 마법의 조화를 어느 정도 터득한 것이 큰 성과이다.

문제는 상대 또한 그렇다는 것이다. 저도 모르게 상대까지 업그레이드시켜 가며 심상 대결을 한 것이다.

잠깐 눈을 붙였다 새벽에 일어나선 10서클 마법을 고안해 내려 애썼다.

"흐음, 이건 다이아몬드 마법이라 이름 붙일까?"

연필심으로 사용되는 흑연(Graphite)에 10만 기압의 압력과 3,000℃의 온도를 가하면 인조 다이아몬드가 만들어진다.

현수가 생각한 10서클 공격 마법은 이것을 응용한 것으로 상대의 전후, 좌우, 상하에서 갑작스런 고압이 발생케 하는 것이다.

그 결과 주먹만 한 크기로 압축된다. 당연히 사망이다.

워낙 강대한 압력으로 죄는 것인지라 일단 걸리고 나면 블링크나 텔레포트 마법으로도 도주할 수 없을 것이다.

현수는 떠오른 아이디어로 부지런히 마법식을 써봤다. 일단 써놓고 불합리한 부분이 있다면 수정할 생각이다.

그런데 또 하나의 마법이 떠오른다.

"이건 인사이드 애로우(Inside arrow)라 하면 되겠군."

방금 생각해 낸 마법의 원리는 간단하다.

상대의 심장 속, 혹은 뇌 속에 아이스 애로우가 형성되게 하는 것이다. 신체의 내부가 급격하게 얼어붙으니 외부에선 구해줄 방도가 없다.

이에 당하면 당연히 고통스런 최후를 맞게 될 것이다.

이것의 특징은 실드나 배리어, 혹은 앱솔루트 배리어 같은 방어 마법으로도 막을 수 없다는 것이다.

다만 블링크나 텔레포트로는 피할 수 있다.

"흐음! 또 하나 있군. 이건 아이스 니들(Ice Needle) 마법이라 하면 되겠군."

이번에 생각해 낸 것은 상대의 혈액 속 수분을 순식간에 얼려 버리는 것이다. 작은 얼음 결정들이 쐐기처럼 혈관에 박히게 될 것이니 이것도 만만치 않게 고통스러울 것이다.

"또 뭐가 있지? 옳지 그거!"

현수가 생각해 낸 것은 허파 속 공기의 체적이 급격하게 팽창되는 마법이다.

3서클 에어로 밤(Airo Bomb) 마법을 응용한 것이다.

팽창되는 공기의 압력을 견뎌내지 못하면 허파가 터진다. 더 이상 호흡을 할 수 없게 되니 죽은 목숨이다.

"이건 렁스 버스터(Lungs Burster)라 해야 하나? 근데 그러고 보니 전부 대인 마법이네. 한꺼번에 여럿을 상대할 수 있는 건 뭐가 있을까?"

현수는 턱을 괸 채 상념에 잠겼다.

이 시간은 길었다. 지금껏 없던 새로운 것을 만들어내는 것은 결코 쉬운 일이 아니기 때문이다.

한참을 생각했지만 쉽지는 않았다. 그러다 출출하여 아공간에서 과자 한 봉지를 꺼냈다.

봉투를 찢자 부피가 확 줄어든다. 값만 비싸고 내용물은 지극히 빈약한 질소 과자라 그렇다.

아무 생각 없이 꺼내 먹던 현수의 움직임이 어느 순간 멈추었다.

"매스 텔레포트도 되는데 매스 입고도 되어야 하는 거 아닌가? 그 범위가 어떻게 되지? 아공간 오픈! 입고, 입고, 입고, 입고……."

아공간을 열고 눈에 뜨이는 돌들을 넣어보았다. 20m까지 성공이다. 가끔 30m 이내의 것도 들어갔다.

"흐음! 이 정도면 매우 가까워야 한다는 건데."

근접전을 펼치는 기사와의 대결이라면 아주 유용한 마법이다. 반경 20m 이내의 모든 적을 모조리 아공간에 담을 수 있다. 1,256㎡, 약 400평 범위이다.

"흐음! 기사들에겐 써먹기 좋은데 마법사들은 거리를 두어 상대하니 당장은 그렇지만 참고는 해둬야겠군."

아공간 마법은 마법사가 지정하는 것만 들어간다.

일종의 대상 마법이다. 이번에 생각해 낸 것은 일정 범위 내의 모든 것을 한꺼번에 아공간에 담는 것이다.

범위 마법으로 발전된 것이다.

"멀티 스터리지(Multi storage)라 이름 붙이면 될까?"

현수는 새롭게 구상한 마법식을 다이어리에 기록했다.

그리곤 다시 상념에 잠겼다.

기존에 없던 새로운 범위 마법을 구상해 내지 못하면 원하는 바를 이룰 수 없을지도 모르기 때문이다.

하지만 쉽게 해결책이 모색되지는 않았다.

"너무 높아서 새들도 없나?"

어제 아침까지만 해도 새벽이 되면 짹짹거리는 소리를 들을 수 있었는데 오늘은 너무도 조용하다.

그러고 보니 새가 없을 만도 하다.

사방이 온통 눈이다. 만년설로 뒤덮여 있으니 **먹이를** 구할 수 없어서 새들도 오지 않는 모양이다.

"높긴 우라지게 높네."

아무리 낮게 잡아도 이 산의 높이는 최하가 10,000m는 되는 듯하다.

"끄응! 가자."

컨테이너를 아공간에 넣은 현수는 겨울용 등산화와 스패츠[2], 그리고 아이젠을 꺼냈다.

아울러 스틱과 방한 장갑도 꺼내 들었다.

고글도 꺼내서 썼다.

눈[雪]에 반사된 자외선과 적외선에 의해 각막이나 망막이 손상되어 시력장애를 겪게 되는 설맹(Snow blindness)을 예방하기 위함이다.

마지막은 방한모자와 안면 마스크이다.

그냥 편하게 플라이 마법을 쓰면 됨에도 걸어서 오르려는 이유는 육체의 한계를 체험하고 높디높은 이 산을 두 발로 정복하고 싶기 **때문이다.**

아울러 어딘가에 있을 마법사의 은신처를 염두에 둔 때문이기도 하다.

---

2) 스패츠(Spats) : 등산화 속에 눈이나 흙 · 모래 같은 것이 들어가지 않도록 발목에 차는 각반.

"좋아, 가자."

아래를 힐끔 바라보곤 곧장 위로 걸었다. 곳곳에 크레바스[3]가 있기에 상당한 주의를 기울여야 했다.

플라이나 블링크를 쓰면 크레바스 아래로 떨어져도 금방 빠져나올 수 있지만 모처럼 등산 기분을 내는 중이라 스틱으로 쿡쿡 찔러 일일이 확인하며 올랐다.

점심을 먹으면서 아래를 내려다보니 괜스레 뿌듯한 기분이 든다. 최소 6,000m는 올라온 듯하기 때문이다.

날이 어두워질 때까지 묵묵히 걸었다.

중간에 눈사태가 한 번 일었지만 플라이 마법으로 몸을 띄워 화를 모면했다. 모르긴 해도 몇몇 마법사의 은신처는 심각한 타격을 입었을 것이다.

"휴우~!"

긴 한숨을 쉰 현수는 컨테이너를 꺼내 자리를 잡고 안으로 들어갔다. 항온마법진이 그려져 있어 실내 기온은 약 25℃가 유지되고 있다.

바깥과의 온도차가 상당하기에 발을 들여놓자마자 훈훈함이 느껴진다. 입고 있던 등산복 등을 벗고 샤워를 했다.

그랜드 마스터의 막강한 체력을 가졌지만 땀나는 걸 막을 수는 없었기 때문이다.

---

3) 크레바스(Crevasse) : 빙하가 갈라져서 생긴 좁고 깊은 틈.

산 아래의 기온은 약 30℃였다.

현재 이곳의 기온은 대략 −15℃이다. 그렇다면 이곳의 고도는 약 7,500m이다. 인류 역사상 최초로 이 고도에서 샤워한 인물이 된 것이다.

"어휴! 시원하다."

머리를 말리던 현수는 아공간에서 쉬리엔 주스를 꺼내 한 모금 마셨다.

"흐으음!"

위장은 물론이고 폐부까지 청량해지는 느낌이다.

보아하니 이 높이엔 마법사의 은신처가 없는 듯하다. 하여 환하게 불을 밝히고 앉았다. 10서클 마법은 머리를 쥐어짠다고 만들어지는 게 아닌지라 그냥 편히 쉬었다.

"내일은 이 산을 넘을 수 있겠군."

고도 10,000m짜리 산을 마법 없이 체력으로만 정복한다는 생각에 괜스레 기분이 좋다.

"올라갈 때 크레바스가 많지 않았으면 좋겠군. 뭐 있어도 그만이지만."

크레바스에 빠져도 그랜드 마스터의 체력이라면 충분히 빠져나올 수 있기에 한 말이다.

잠시 휴식을 취한 현수는 안동찜닭을 만들었다. 매콤하면서도 기름지기에 소주도 한잔 곁들었다.

산에서 먹는 음식 맛은 일품이었다.

워싱 마법으로 설거지를 마친 현수는 침대에 누워 잠을 청했다. 불을 끄고 창밖을 내다보니 하늘에 별이 총총하다.

대기오염이라는 단어 자체가 없는 곳이라 그럴 것이다.

"흐음! 오늘 안에 정복한다. 그나저나 정상은 -30℃ 정도 되겠지?"

해발 고도 10,000m라면 밑보다 60℃나 온도가 낮다. 산 아래가 여름이라는 게 다행이다.

한겨울에 당도했고, 그때 산 아래 기온이 -10℃ 정도라면 정상은 최소 -70℃이다.

영하 40℃ 이하로 내려가면 뜨거운 물을 뿌렸을 때 그 즉시 눈으로 변해 버리니 얼마나 춥겠는가!

여러 번 바디체인지를 겪어 더위와 추위를 극복한 몸이 되었지만 세포까지 금강불괴가 된 것은 아니다.

새롭게 생성되는 세포는 아직 신체에 적응된 것이 아니므로 너무 낮은 온도는 노출된 피부 세포에 손상을 줄 수 있다. 따라서 한여름인 지금 온 게 다행한 일이다.

"일단 옷을 단단히 입어야겠군."

현수는 아공간에서 꺼낸 등산복을 꼼꼼히 챙겨 입었다. 등산화와 장갑, 그리고 모자에도 항온마법진을 부착시켰다.

만반의 준비를 갖추곤 곧장 출발했다.

점심을 먹고 조금 지났을 때 드디어 정상에 올랐다.

4,000m 정도의 산지는 평지보다 산소 농도가 60% 정도 낮다. 중력이 줄어들어 산소를 잡아당길 힘이 약해져서이다.

그런데 무려 10,000m 높이까지 올라왔다. 점차 호흡이 가빠진다. 서둘러 하산하라는 신체 반응이다.

그래도 정상에 오른 기분은 만끽해야 한다. 잠시 쉬면서 산허리에 걸린 구름이 밀려가길 기다렸다.

휴대용 산소 캔이 있어 호흡은 점차 안정을 되찾았다.

그렇게 20여 분의 시간이 흐르도록 구름은 흩어지지 않았다. 여기까지 올라왔는데 장관을 못 보고 내려가면 조금 억울할 것 같다.

"퍼펙트 스톰(Perfect storm)!"

휘이이잉, 휘이이이잉ㅡ!

두 개의 폭풍이 생성되더니 삽시간에 충돌한다. 그러자 폭풍우의 세기가 증폭되면서 짙은 구름을 밀어버린다.

"퍼펙트 스톰!"

또 한 번 마법을 구현하자 흩어져 있던 나머지 구름마저 싹 쓸려 버린다. 그와 동시에 탁 트인 시야가 드러났다.

"우와아~!"

저절로 나오는 감탄사이다. 너무나 멋진 광경이 눈앞에 펼

처져 있기 때문이다.

지나 운남성엔 석림이라는 것이 있다.

카르스트[4]로 형성된 기암괴석 봉우리들이 마치 숲을 이루고 있는 듯한 지형이다.

현수의 눈앞엔 수천, 수만 개의 거대한 돌기둥이 다양한 모습으로 치솟아 있다.

운남성의 그것은 일반적으로 5~10m인데, 가장 높은 것도 30~40m 정도에 불과하다. 그런데 눈앞에 있는 거대한 돌기둥들은 그것을 완전히 압도하고도 남는다.

가장 낮은 것도 100m를 훨씬 넘는 듯하다. 대부분이 300m 이상인데 500m를 넘기는 것도 상당히 많다.

둘레도 훨씬 굵어 100~300m 정도인 듯싶다.

"휴우, 텔레포트를 안 쓰길 잘했네."

산에 오르다 너무 힘들을 때 '그냥 마법을 쓸까?' 하는 생각을 했다.

산소탱크 없이 두 발로 정복한다 해도 아무도 알아주지 않는다. 하여 현재의 좌표를 기준으로 산 넘어 저쪽의 좌표를 짐작으로 찍으려 했다.

그런데 그랬다면 바위 속으로 텔레포트되는 불상사를 겪을 뻔했다. 그랬다면 목숨을 잃었을 것이다.

---

4) 카르스트(Karst) : 석회암이 녹아서 형성되는 지형. 산간 지방에서 주로 볼 수 있다. 움푹 파인 돌리네(Doline)와 지하의 석회암 동굴이 대표적이다.

현수는 한참을 정상에 머물렀다. 끝없이 펼쳐져 있는 장관을 바라보며 감탄하느라 시간 가는 줄 몰랐다.

"아! 이제 가야지."

마냥 경치만 보고 있을 수 없기에 천천히 걸어 하산을 시작했다. 당연히 등산보다 쉽다.

빙벽이 나오면 거침없이 자일(Seil)을 썼다. 떨어져도 플라이 마법으로 충분히 해결할 수 있기에 과감하게 했다.

저녁나절이 되었을 때 7,000m 고지에 당도했다.

컨테이너를 꺼내 결계를 치고 들어가 10서클 마법을 연구했다. 물론 타임 딜레이 마법이 걸려 있다.

오후 8시쯤 시작된 연구는 다음 날 새벽 6시까지 이어졌다. 내부 시간으로 75일간이나 몰두한 것이다.

하지만 원하던 성과는 없었다.

대신 새롭게 구상하던 대인 마법인 다이아몬드 마법과 렁스 버스터, 멀티 스터리지, 그리고 인사이드 애로우와 아이스 니들 마법은 웬만큼 틀을 잡았다.

완성된 것이 아닌지라 아직 실전 사용은 불가능하다.

30명의 9서클 마스터와의 심상 대결은 10전 10패로 끝났다. 현수에게 10서클 마법이 없어서이다.

같은 9서클 마법이지만 현수 쪽이 더 강력했다. 하지만 상대는 숫자로 이를 커버했다. 당연히 이길 수 없다.

"괜찮아. 수도 맥마흔까지 가려면 시간은 많아."

간단한 아침 식사를 마친 현수는 편한 얼굴과 마음으로 하산을 시작했다.

조급하게 마음먹는다 하여 성과가 바로 나타나는 게 아니라는 걸 알기에 느긋하게 하자고 스스로를 다독인 것이다.

하산은 순조로웠다. 산이 험하고 높아서 그런지 몬스터도 별로 없고 맹수 역시 거의 없는 듯하다.

"휴우! 이제 다 내려왔군."

현수는 고개를 들어 정상을 바라보았다. 자욱한 운무 때문에 보이지 않는다.

"아마 내가 저길 밟은 최초의 인간일 거야."

정상은 전문 등반가들도 오르기 힘든 곳이다.

사방에서 휘몰아치는 바람 때문에 체감온도가 −50℃인데다 눈보라가 심해서 시야도 좋지 않은 때문이다.

하여 현수는 자부심 어린 시선으로 정상을 바라보았다.

"그나저나 가까운 데 마을이 있을 것 같지가 않네."

아르센 대륙도 청정 지역인데 이곳은 거기보다 더한 듯싶다. 그러고 보니 마나 농도도 조금 진한 것 같은데 왠지 이질적인 느낌이다.

아마 다른 대륙이라 이런 느낌이 드는 모양이다.

"흐으음!"

코를 벌름거려 냄새를 맡아보았다.

연기 냄새는 조금도 섞여 있지 않다.

여름이긴 하지만 음식을 만들려면 불을 피워야 하고, 그 과정에서 필연적으로 연기가 나게 마련이다.

따라서 인가가 있다면 연기 냄새가 섞여 있어야 하는데 그렇지 않으니 여긴 인적이 없는 곳이라는 뜻이다.

"내일은 볼 수 있으려나."

현수는 컨테이너에서 하룻밤을 더 보냈다. 모처럼 야영하는 기분을 내려 바비큐 세트를 꺼내 소시지 구이를 즐겼다.

기분 좋게 맥주도 몇 잔 마시며 노래를 흥얼거리기도 했다. '지현에게'와 '첫 만남'도 불렀다.

본인이 생각해 봐도 멜로디가 너무나 좋은 노래들이다.

짹, 짹, 짹―!

지저귀는 새소리를 들으며 자리에서 일어난 현수는 느긋하게 샤워부터 했다. 그리곤 아침도 챙겨 먹었다.

오랜만에 라면을 먹으니 맛이 아주 좋다.

"조금 짰나? 그나저나 오늘은 좀 달려볼까?"

대륙의 중심부에 수도가 있다고 하니 그쪽으로 방향을 잡았다. 그리곤 아주 빠른 걸음으로 달리기 시작했다.

목적지를 향해 직선 코스를 잡은 것이다.

숲이 울창하고 산과 계곡도 많았지만 10서클 마법사에겐 장애가 되지 않는다.

그 결과 저녁나절엔 연기 냄새를 맡을 수 있었다.

"흐음! 드디어……."

이곳까지 오는 동안 여러 번 텔레포트 마법을 쓸까 생각해 보았다. 그런데 그랬으면 큰일 날 뻔했다. 곳곳에 석림이 펼쳐져 있었기 때문이다.

아무튼 현수는 전속력으로 달렸다. 가급적 빨리 맥마흔에 당도해야 하기 때문이다. 그러면서도 볼 건 다 보았다. 하긴 그랜드 마스터의 동체시력을 가졌으니 그럴 만도 하다.

현수가 이곳 경치를 보고 느낀 점은 대단히 아름답다는 것이다. 아르센 대륙과 마인트 대륙의 모든 곳을 돌아본 것은 아니지만 이곳이 더 낫다는 느낌이다.

기암괴석이 즐비한 절벽과 울창한 수림, 오염되지 않은 개울과 강, 그리고 깨끗한 공기와 맑은 하늘이 널려 있다.

예상외로 몬스터의 숫자가 적은지 사슴이나 노루 같은 짐승들이 한가하게 풀을 뜯고 있는 장면도 많이 보았다.

물론 표범이나 샤벨타이거 같은 맹수가 없던 것은 아니지만 그 수효는 예상보다 훨씬 적었다.

"저긴가?"

울창한 숲을 벗어나자 탁 트인 평원이 드러난다.

그리고 멀리 시커먼 성벽이 솟아 있다. 떨어진 거리를 감안해 보면 성벽의 높이는 15m쯤 되는 듯싶다.

현수는 파티마로부터 얻은 통행증을 꺼내서 확인했다.

"카리미 구르센. 그러고 보니 파티마도 평민이라고 했는데 성이 있네. 이곳 사람들은 다 그런가?"

아르센에선 귀족만이 성을 가졌는데 조금 이상하다.

하여 고개를 갸웃거린 현수는 통행증을 갈무리한 후 복색을 살폈다. 로브와 비슷한데 활동에 편하도록 소매가 좁다.

아르센에서는 보지 못한 복식이다.

'뭐, 동네가 다르니까.'

나라마다 전통 의상이 다른 세상에서 살다 왔기에 그럴 수 있다 생각한 현수는 천천히 성문 앞으로 갔다.

"멈춰! 통행증 제시!"

"여기 있수."

짐짓 시니컬하게 통행증을 건네자 슬쩍 살펴보곤 고개를 갸웃거린다.

"용병 아닌가?"

"용병 맞습니다."

"그런데 왜……? 여기까지 오는 동안 무슨 일 겪었나?"

"네? 아, 네. 조금 곤혹스런 일이……."

"알았다. 통과!"

위병은 긴말 듣고 싶지 않다는 듯 슬쩍 한 걸음 비켜선다.

말을 마친 위병은 준비된 서류에 카리미 구르셴이란 이름을 기록한다. 누가, 언제 이곳을 드나들었는지를 기록하도록 되어 있는 모양이다.

"수고하슈."

통행증을 건네받은 현수는 문 안쪽으로 들어갔다. 예상대로 건축양식 또한 아르셴과 다르다.

아르셴 대륙의 집들은 지붕의 경사가 완만한데 이쪽은 급하다. 겨울에 눈이 많이 내림을 의미한다.

눈은 많이 오는데 지붕의 경사가 완만하면 쌓인 눈의 무게를 이기지 못해 무너질 수 있기 때문이다.

'겨울에 눈이 엄청 많이 오나 보군.'

지붕의 처마는 약간 길고 우데기의 흔적이 보인다.

우데기란 울릉도의 투막집5)에서만 보이는 벽의 형태로 눈보라와 비바람, 햇빛 등을 막기 위해 집채에 설치한 울릉도 특유의 외벽이다.

이게 있음은 겨울철에 집 밖으로 나갈 수 없을 정도로 많은 눈이 온다는 뜻이다.

"그렇군."

오가는 사람들을 보며 이곳저곳 살펴보았다. 그러다 선술

---

5) 투막집 : 울릉도 전통가옥의 하나. 둥근 나무를 우물틀(井)모양으로 쌓아올려서 벽을 이룬 집. 지방에 따라 귀틀집, 방틀집, 목채집, 틀목집이라고도 함.

집 겸 여관이 분명한 건물을 보게 되었다.

"뭐야? 훔친 밀 포대에 핀 한 송이 꽃? 무슨 여관 이름이 이래? 하여간 이 동네는……."

파티마가 일하던 여관은 '뿔난 양의 엉덩이'였다. 그 이름 또한 괴상하다 여겼는데 이건 더 하다.

"뭐, 음식만 맛있으면 되지."

여관으로 향하는데 그 옆 건물의 간판이 보인다. 조금 전엔 사각이라 보이지 않던 것이다.

"헐! 발정 난 고양이의 콧구멍? 거, 이름 한번 참."

피식 웃지 않을 수 없는 이름이다.

현수가 발을 들여놓은 건 훔친 밀 포대에 핀 한 송이 꽃이라는 간판을 달고 있는 여관이다.

이쪽이 더 붐비는 듯하다. 사람이 많으면 더 많은 정보를 얻을 듯하여 이리 온 것이다.

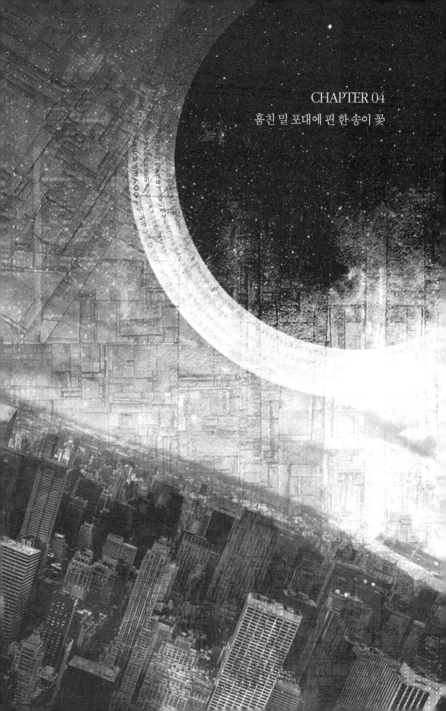

CHAPTER 04
훔친 밀 포대에 핀 한 송이 꽃

전능의팔찌
THE OMNIPOTENT
BRACELET

삐걱―!

문을 열고 들어서니 사람들의 시선이 쏠린다. 대략 30여 명이다. 자리에 앉자 뚱뚱한 아줌마가 주문을 받으러 온다.

"뭘 드실 거유?"

"이 집에서 제일 잘하는 걸로 주십시오. 시원한 술 있으면 그것도 한 잔 주시구요."

파티마랑 마신 12도짜리 라덴주의 맛이 제법 좋았기에 같은 게 있을까 싶어 달라고 했다.

"2실버……."

"여기요."

현수는 파티마로부터 환전한 마인트 대륙 은화를 건넸다.

아줌마는 무표정한 얼굴로 돈을 받고는 한마디 던진다.

"근데 이 동네 사람은 아니군요."

"아, 네. 오늘 들어왔습니다. 여긴 처음이구요."

"그래요? 그럼 용병이슈?"

"아, 네. 용병 맞습니다."

아줌마는 현수의 위아래를 훑어본다.

"용병인데 옷이 왜 그래요?"

"네?"

"용병이라면 의당 삽, 곡괭이, 망치 뭐 이런 걸 주렁주렁 매달고 다녀야 하는데 왜 칼을……?"

아까 성문에서도 뭔가 이상하다는 표정을 지었는데 또 그러니 뭔가 잘못된 것이 분명하다.

이럴 땐 무반응이 상책이다.

"여기 오다 험한 일 당했수?"

"네? 아, 네. 조금……."

말을 하며 슬쩍 아줌마의 시선을 따라 실내를 훑어보았다.

저쪽에 족히 60은 넘은 사내가 앉아 있는데 등 뒤에 삽과 곡괭이가 매달려 있다.

허리춤엔 망치가 걸려 있는데 몹시 피곤하다는 표정이다.

'여기 용병은 저런 차림을 해야 하나? 근데 용병이 웬 삽과 곡괭이지? 저걸로 어떻게 몬스터들을 상대해?'

현수가 이런 생각을 할 때 아줌마가 말을 잇는다.

"여기서 잘 거요?"

"네? 아, 그럼요. 방도 하나 부탁합니다."

"그럽시다. 숙박비 대신 내일 자고 일어나면 우리 집 지붕이나 좀 손봐줘요. 저쪽에서 물이 새니까."

"네?"

아줌마가 손짓하는 곳을 보니 정말 물이 샜는지 흥건하게 젖어 있다.

"그쪽 용병이라며? 용병더러 집수리해 달라는데 뭐 잘못되었수? 아! 비용이 부족해서? 그럼 내가 안주 한 접시 더 주지. 그걸로 퉁쳐요."

말을 마친 아줌마는 살찐 궁둥이를 흔들며 주방으로 들어가 버린다. 현수는 '이건 뭐지?' 하는 표정으로 바라보았다.

'여긴 용병이 집수리를 해? 뭐야, 대체?'

현수는 어리둥절했지만 겉으로 드러내진 않았다.

곧 음식과 술, 그리고 닭튀김 비슷한 음식이 나왔다.

천천히 음식을 먹으며 주위의 대화를 들었다. 특히 삽을 등에 멘 채 술을 마시고 있는 상년인의 테이블에 집중했다.

같은 용병인 듯싶어서이다.

'근데 저렇게 늙은 용병이 어떻게 몬스터들을 상대하지?'

다음은 현수의 귀에 들린 용병들의 대화 내용이다.

"휴우! 자네 힘들겠어. 어떻게 하지?"

"이만 은퇴할까 싶네."

"왜? 아직 일할 수 있는 나이인데. 혹시 자네, 이번이 세 번째 거절인 건가?"

60이 넘어 보이는 사내는 힘없이 고개를 끄덕인다.

"맞네. 이렇게 될 줄 알았으면 젊었을 때 함부로 거절하는 게 아니었는데."

"아닐세. 그건 거절할 만한 일이었어. 우리가 아무리 용병이라 하지만 어떻게 그런 더러운 일을 하겠나. 안 그래?"

"그렇지. 사육 오크들의 분뇨를 푸라니. 한두 마리도 아니고. 그건 너무한 일임이 분명했네."

"맞아. 그 일은 나라도 거절하겠네."

"휴우! 용병도 아니면 이제 뭐 해서 먹고살지? 모아놓은 돈도 얼마 안 되는데. 이런 줄 알았으면 술이라도 덜 마실 것을……. 어휴! 내 신세 참……."

사내는 본인의 신세가 한심한지 말을 잇지 못한다.

'뭐야? 여기에서의 용병은 몬스터나 강도로부터 의뢰인을 보호하는 게 아니라 떠돌이 일꾼인 거야?'

현수의 이런 생각은 사실이다.

마인트 대륙에선 대가만 치를 수 있으면 아무나 불러서 일을 시킬 수 있는 존재가 용병이다.

몬스터 구축이나 상단 호위 등의 일은 마법사들만이 할 수 있는 일이다.

따라서 이곳에서의 용병은 용역이나 다름없다.

통행증의 유효기간은 10년으로 정해져 있는데 그 기간 중 세 번 거부권을 행사할 수 있다.

그리고 그때마다 통행증에 표시가 된다.

누적하여 세 번 거부하게 되면 통행증의 효력은 즉시 사라진다. 대신 주민패를 받는다.

거주이전의 자유를 잃었으니 눌러앉아서 살아야 하는 것이다. 사람들이 가급적 한 자리에 머물러 있어야 다스리기 쉽기 때문에 취한 조치이다.

마법사의 제국이 만들어진 이후 엄청난 수의 유민이 발생하였다. 새롭게 영주가 된 마법사들이 말도 안 되는 수탈과 잔인한 학정을 일삼은 때문이다.

이를 골치 아프게 생각한 황제는 모든 유민에게 통행증을 발부했다. 용병이라 불렀지만 용역으로 써먹기 위함이다.

"휴우~!"

늙은 용병은 신세 한탄을 하며 술을 마셨다. 현수는 내일 이 집 지붕을 고쳐줘야 한다.

그러려면 연장이 필요하기에 늙은 용병으로부터 헐값에 삽과 곡괭이, 그리고 망치 등을 샀다.

평생의 손때가 묻은 공구의 가격은 5실버이다. 이곳도 철의 값이 매우 비쌈을 짐작할 수 있는 가격이다.

식사를 마치곤 슬슬 바깥을 둘러보았다.

마을은 아르센과 크게 다를 바 없었다. 대장간, 여관, 주점, 상단, 마법상점 등이 있다.

그중 서점이 있기에 얼른 들어가 보았다. 서점이라 해봐야 불과 10여 평인데 책도 많지 않았다.

이것저것 둘러보다 마인트 대륙어라 쓰인 책을 펼쳐보았다. 자음과 모음을 합쳐 32개 글자이다.

워낙 두뇌가 뛰어나기에 쓱 한번 훑어보는 것만으로도 이곳의 언어에 대한 대략적인 지식이 습득된다.

내친김에 마인트 대륙어 정복하기라는 책이 있어 펼쳐보았다. 일종의 문법책이다.

별로 어렵지 않기에 금방 이해했다.

서점 주인이 눈치를 주기에 '마인트 대륙의 역사' 라는 제목이 붙은 제법 두꺼운 책을 샀다.

이곳에 대해 알아야 하기 때문이다.

사온 책을 가지고 여관으로 돌아오자 아까 주문을 받던 뚱뚱한 아줌마가 신기하다는 표정이다.

"어라? 용병이 글도 읽을 줄 아나 보네?"

"아는 만큼 보이거든요."

"그래? 그럼 이것 좀 봐주겠수?"

"네?"

뭐라 대답도 하기 전에 주방으로 들어가 뭔가를 들고 온다.
그리곤 이 층의 방으로 데리고 간다.

현수가 숙박할 룸이다.

"이것 좀 봐줘요. 난 글씨를 몰라서……."

양피지에 쓰인 건 차용증이다.

≪ 차 용 증 ≫

일금 : 8실버 50쿠퍼

상기 금액을 로렌카 제국력 329년 4월 2일에 월 3리의
이자율을 적용하여 1년간 차용하였음.

로덴상단 하디 쿠에스

"8실버 50쿠퍼를 빌려줬다고 쓰여 있네요. 이자율은 월 3리
이고요. 로덴상단의 하디 쿠에스라는 사람이 빌려간 사람 맞
습니까?"

"얼마?"

"8실버 50쿠퍼요."

갑자기 아줌마의 얼굴이 일그러진다.

"에에? 8골드 50실버가 아니구요?"

"네, 분명히 8실버 50쿠퍼로 쓰여 있네요."

"이익! 이런 개 같은 잡놈이! 감히 내게 사기를 쳐?"

보아하니 글자를 읽을 줄 모름을 악용한 사기에 휘말린 듯하다. 문득 궁금하다.

"얼마를 빌려줬는데요?"

"8골드 50실버! 월 3푼 이자를 준다고 꼬드겨서……. 그 잡놈이 급하다고 징징대기에 빌려줬는데."

"……!"

돈 빌려가 놓고 차용 금액과 이자율 모두 10분 1로 줄여서 써놓았다. 명백한 사기에 해당된다.

"돈 빌려줄 때 증인 있었습니까?"

무심코 한 말이다. 그런데 아줌마 입장에선 도와주려는 것으로 느껴졌는지 반색하며 대꾸한다.

"있지. 그때 손님들이 제법 있었거든."

"그럼 그때 8골드 50실버를 빌려주는 것도 그 사람들이 확실히 본 거죠?"

"그, 그럼! 아래층 홀에서 하나하나 세면서 줬으니까."

"그럼 그 사람들 찾아서 영주님에게 가보세요."

"영주님에게?"

아줌마는 흠칫하며 물러앉는다. 영주라는 소리를 듣는 것만으로도 두렵다는 표정이다.

'뭐야? 여기 영주도 개차반인가?'

"거, 거긴 안 가. 아니, 못 가."

아줌마는 체념하는 표정이 되어버린다.

8골드 50실버면 약 850만 원이다. 이 중 85만 원밖에 못 받게 되었음에도 포기하려는 뉘앙스가 느껴진다.

대체 왜 이러는가 싶지만 가만히 있었다.

"그럼 쉬어."

반말하다 존댓말을 쓰다 뒤죽박죽이지만 그런 건 신경도 안 쓴다는 듯 내려가 버린다.

"뭐지?"

고개를 갸웃거린 현수는 이 동네에 대해 조금 더 알아봐야겠다는 생각을 했다.

이제 곧 밤이 될 것인지라 사람들의 눈에 뜨이지 않는 검은색 로브로 갈아입으려 아공간을 열었다.

이때였다.

쿵, 쿵─!

"문 열어라! 검문이다!"

"캔슬! 누구십니까?"

쿵, 쿵─!

"문 열란 말이다! 검문이다!"

"검문?"

대체 뭔 소린가 싶었지만 열라니 열어주었다.

콰앙—!

"꼼짝 마랏!"

거칠게 문이 열리자 두 명의 사내가 창을 들고 들어서며 소리친다. 거수자를 심리적으로 제압하기 위함일 것이다.

현수는 무표정한 얼굴로 병사들을 헤치며 들어서는 사내를 바라보았다. 로브를 걸친 마법사이다.

"어쭈? 손도 안 들고."

마법사는 거들먹거리는 표정으로 현수를 바라본다.

"마나 스캔!"

샤르르르—!

마법사들은 자신보다 상위 마법사라 생각되면 이 마법을 쓰지 않는다.

필연적으로 마나를 뿜어내게 되는데 상위 마법사가 독한 마음을 품으면 하위 마법사의 마나를 빼앗아갈 수 있기 때문이다. 이를 마나 피탈[6] 현상이라 한다.

마법사가 현수를 보고 서슴없이 마나를 뿜어낸 이유는 척 보자마자 1서클 마법사라고 생각한 때문이다.

---

6) 피탈(被奪) : 억지로 빼앗김.

현수는 9서클 마스터를 넘어설 때 바디체인지를 겪는 과정에서 아홉 개의 링이 하나로 결합되었다.

드래곤 하트와 같은 맥락인 휴먼 하트를 갖게 된 것이다. 유사 이래 인류 최초의 전무후무할 일이다.

사람은 심장이 하나뿐이다. 따라서 휴먼 하트도 하나이다. 이를 보고 1서클 마법사로 오인한 것이다.

현재 현수의 휴먼 하트엔 드래곤 하트에 버금갈 정도로 어마어마한 양의 마나가 담겨 있다.

뿐만 아니라 켈레모라니의 비늘에도 그만한 양이 있다.

드래곤이 1,000년간 쉬지 않고 오로지 마나 호흡에만 몰두해야 모을 수 있는 분량이다.

따라서 현수는 드래곤 하트를 두 개나 가진 존재이다. 하여 현수는 마나의 확산을 최대한 억제하고 있다.

그러지 않으면 하루 종일 드래곤 피어를 뿜어내는 것이나 마찬가지이기 때문이다. 하지만 보유량이 너무 많아 조금씩은 흘러나올 수밖에 없다.

현수의 마나를 스캔한 마법사는 심장에 존재하는 마나를 감지해 냈다. 하나뿐이다. 1서클 마법사라는 뜻이다.

"뭐야? 마법사였어? 근데 왜 하찮은 용병 따위를 해?"

"네?"

"제국에 신고만 하면 평생 편히 살 수 있는데 왜 용병 따위의 일을 하느냐고."

"아, 그거요? 제가 이제 막 그런 거라……."

"따라와!"

마법사는 더 물을 것도 없다는 듯 등을 돌린다.

하지만 병사들이 겨눈 창까지 거둬진 것은 아니다. 여차하면 찌르겠다는 듯 삼엄한 기세를 그대로 유지하고 있다.

둘 중 하나가 창끝을 흔든다. 마법사의 뒤를 따라가라는 의미일 것이다.

"그럽시다."

현수의 말이 떨어지기 무섭게 앞서가던 마법사가 등을 돌리곤 째려본다.

"뭐, 그럽시다? 이게 어디서 감히……. 하늘같은 선배 마법사에게 방금 '그럽시다' 라고 했나?"

"……!"

현수는 대꾸하지 않았다.

방금 전 슬쩍 살펴보니 놈은 5서클 마법사이다. 밑에선 치고 올라오고 위에선 찍어 누르는 딱 중간계급 정도이다.

그렇기에 민감하게 반응한다 생각했다.

한편, 자신의 말에 현수가 대꾸하지 않자 잘못했음을 깨달아 그런 것이라 여겼는지 다시 몸을 돌린다.

놈이 몇 발짝을 걷도록 현수가 움직이지 않자 뒤에 있던 병사가 슬쩍 민다. 이때 앞서가던 마법사가 입을 연다.

"이제 막 1서클을 이뤄서 뭐가 뭔지 모르는 모양인데, 마법사란 말이지, 선배 알기를 하늘처럼 여겨야 하는 거야. 어떤 놈이 널 가르쳤는지 모르겠다만 내 말을 귀담아듣고 명심하도록. 알았나?"

"……!"

이번에도 대꾸하지 않자 빙글 돌아선다. 그리곤 성난 표정으로 뭐라 하려고 한다. 이때 현수가 입을 연다.

"내 스승님께서 말씀하시길 누구에게도 고개를 숙이지 말라 하셨소."

"뭐라? 좋아! 네 스승이란 작자는 누구냐? 얼마나 대단하기에 선배를 보고도 고개를 숙이지 말라 했느냐?"

버럭 지른 노성이다.

"……!"

현수가 대답 없이 빤히 바라보자 더욱 크게 소리친다.

"어쭈? 선배가 물었는데 감히 대답을 안 해? 말해! 네 잘난 스승이란 작자가 누구냐?"

"말하면 다칠 수도 있는데 그래도 듣겠소?"

현수의 말에 놈은 크게 고개를 끄덕인다.

"그래! 말해! 얼마나 대단한 작자인지 한번 들어보자!"

놈은 아주 도전적인 눈빛으로 현수를 노려본다.

"9서클 마스터시오. 멀린이라는 이름을 가지셨고."

"9, 9서클 마, 마스터? 그, 그럼 공작님이신가?"

놈은 갑자기 저자세가 된다. 1서클 마법사의 스승이 9서클 마스터라는 걸 전혀 예상치 못한 모양이다.

"내 스승님은 공작보다 더 높소. 그런데 조금 전 놈이라 하셨소?"

실제로 멀린은 공작보다 훨씬 높은 존재이니 뻥이거나 틀린 말은 아니다.

"그, 그랬나? 미, 미안하네. 내가 자네 스승님을 몰라서… 정말 미안하게 되었네. 마음 푸시게."

앞서가던 녀석의 눈빛이 확연히 저자세로 바뀌어 있다.

'그런데 공작이라니? 뭔 소리지? 흐음! 알아볼게 더 있군.'

속으로 이런 생각을 했지만 현수는 짐짓 마음 상한 듯 이맛살을 찌푸렸다.

"선배 이름은 뭡니까? 그리고 여긴 어디지요?"

"나? 나, 나는… 아이고, 이보시게. 내가 잘못했다니까. 자자, 우리 여기서 이러지 말고 한잔하면서 마음 푸세."

앞서가던 마법사는 얼른 뒤로 돌아 훔친 밀 포대에 핀 한 송이 꽃이라는 괴상한 이름의 선술집으로 되돌아간다.

"이, 이 집이 생긴 건 이래도 술맛 하나는 끝내주네. 가세. 내가 한잔 사겠네."

자신들의 상관인 5서클 마법사가 갑자기 설설 기자 창을 들고 따라오던 병사들은 슬그머니 뒤로 물러선다. 같이 있다가 날벼락 맞긴 싫기 때문이다.

"어라? 어찌 다시 온 거지?"

현수가 문을 열고 들어가자 뚱뚱한 아줌마가 한 말이다. 조금 전 현수는 마법사에 의해 연행되었다.

누군가 거수자로 신고하여 끌려간 것이다.

아무 죄가 없어도 본인의 신분을 명확히 증명하지 못하면 모진 고문 끝에 너덜너덜해진 몸으로 풀려난다. 그렇지 않은 경우는 아예 세상 구경을 다시 못하는 일도 많았다.

그런데 아주 멀쩡한 얼굴로 되돌아오니 의아한 표정이다.

"자, 자하라, 여기 근사하게 한상 차려."

"네?"

"술도 안주도 이 집에서 제일 좋고 맛있는 걸로. 알았지? 계산은 내가 하네."

마법사가 윙크까지 하자 자하라는 별일이라는 표정으로 고개를 갸우뚱하더니 주방으로 들어간다.

"자자, 앉으시게."

마법사가 현수에게 자리를 권하며 앉으려 할 때 현수의 입술이 달싹인다.

"올웨이즈 텔 더 트루스!"

"……!"

뭔가 이상한 듯 흠칫거렸지만 현수가 훨씬 고서클인지라 마법사는 눈치채지 못했다. 같이 온 병사들은 감히 동석할 수 없음을 알기에 아예 선술집 안으로 들어서지 않아 아무도 이 상함을 느끼지 못한 듯하다.

현수가 마법을 건 것은 이곳에 대해 더 많이 알아야 하기 때문이다. 사람이 많은 곳에서 마법을 걸 것이라곤 예상치 못하고 있을 것이기에 허를 찌른 것이다.

현수에게 무례를 범한 5서클 마법사는 이즈라 케볼트이다.

이곳에 와서 대화한 사람들 가운데 가장 신분이 높기에 여러 가지 정보를 얻을 수 있었다.

로렌카 제국이 자리 잡기 전 마인트 대륙엔 156개 국가가 있었다. 12개의 제국과 116개의 왕국, 그리고 28개의 공국이 그들이다. 물론 영토의 크기는 제각각이다.

정복전쟁이 끝난 후 초대 황제는 기존의 국가들을 통폐합한 뒤 지형에 따라 영지 분할을 실시했다. 강이나 산맥이 구획선 역할을 했다. 당연히 크기는 제각각이다.

영지 배분은 작위에 따라 이루어졌다.

가장 넓은 81개 영지는 공작에게, 차 순위 158개는 후작에게 주어졌다. 백작의 영지는 372개이고, 자작은 769개, 남작은 1,620개이다. 모두 3,000개이다.

최초로 영지가 배분될 때 공작은 전원 9서클 마스터였다.

후작은 8서클 마스터였으며, 백작은 7서클 마스터, 자작은 6서클 마스터, 그리고 남작은 5서클 마스터였다.

세월이 흐르면서 대물림이 이루어졌지만 작위의 변화는 거의 없었다.

대륙 전체가 일통된 상태인지라 전쟁 등으로 인한 공훈을 세울 기회가 없어진 때문이다.

게다가 마법사들의 특징인 내성적인 성향이 강해서 갈등으로 인한 영지전도 거의 없었다.

그렇다 하여 다툼이 아주 없었던 것은 아니다. 식량 부족, 혹은 미녀 쟁탈 등으로 인한 국지전은 가끔 벌어졌다.

어쨌든 현재는 영주가 없는 영지들이 있다.

그 숫자가 거의 세 자리 숫자이다. 연구에 몰두하느라 대가 끊긴 때문이다.

로렌카 제국법은 양자, 또는 제자에게 영지를 물려주는 걸 엄격히 금하고 있다. 하여 후사 없이 영주가 사망할 경우 황궁에서 대리 영주를 파견하여 관리한다.

애써 가꾼 영지를 다른 누군가가 차지하는 것이 싫다면 가정을 이루고 애를 낳으라는 뜻이다.

그럼에도 후사가 없는 영지가 상당히 많았다.

자식에게 영지를 물려주는 것보다 본인의 성취가 훨씬 더 중요하다 여기기 때문이다.

그렇다 하여 마냥 여인들을 멀리한 것도 아니다.

그럼에도 대가 끊긴 영지가 많은 이유는 가뭄에 콩 나듯 어쩌다 한 번 동침하기 때문이다.

아무튼 매 30년마다 주인 없는 영지의 새로운 영주를 뽑는 대회가 열린다. 열심히 수련하여 서클을 올렸거나 새롭게 5서클 마스터 이상에 진입한 자들을 위한 자리이다.

예를 들면 포탈 마법진을 관리하는 마법사들이 그러하다.

마인트 대륙엔 현재 703개의 포탈 마법진이 있다.

이렇듯 많은 포탈이 필요한 이유는 너무도 험준하고 높은 산맥이 즐비한 때문이다.

게다가 깎아지른 듯한 절벽과 물살이 거센 강 등이 많아서 발달된 도로를 갖기 힘들다.

지금은 훨씬 덜하지만 예전엔 산마다 몬스터들이 우글거렸다. 오크, 오우거는 물론이고 바질리스크와 와이번도 많았다. 뿐만 아니라 드레이크까지도 상당했다.

꾸준한 소탕 결과 현재는 그 수효가 100분의 1 이하로 줄어들었지만 그래도 위협적이다.

깊은 산속에 사는 바질리스크와 드레이크 같은 상위 포식자들은 마법사들도 감당하기 힘든 존재이기 때문이다.

그 결과 마인트 대륙의 물류 대부분은 포탈 마법진을 통해 이루어진다.

물류는 국가가 유지되는 데 필수불가결한 요인이다.

그 중요도가 인정되었기에 6서클 마법사들을 파견하여 관리토록 한 것이다. 6서클이니 거의 자작급 귀족이다.

이들은 황궁이 정한 포탈 사용료를 받아 생활한다. 물류가 매우 활발한 포탈도 있지만 그렇지 못한 곳도 있다.

하여 포탈을 관리하는 마법사들은 영지를 획득할 수 있는 기회를 놓치지 않으려 한다. 영주가 되는 것과 포탈 마법진의 관리자로 있는 것의 차이가 너무도 확연한 때문이다.

어쨌거나 매 30년마다 실시되는 '영주 선발대회' 는 두 가지 형식으로 진행된다.

하나는 가장 규모가 작은 남작령의 영주를 정하는 것이다. 새롭게 5서클 마스터가 된 자들이 각축을 벌인다.

다른 하나는 자작령 이상의 영지를 차지하기 위한 것이다.

전자는 토너먼트로 진행되어 순위를 정한다. 1위부터 빈 영지를 차지하는 것으로 매듭지어진다.

후자의 경우는 조금 복잡하다.

새롭게 6서클 마스터 이상에 진입한 마법사뿐만 아니라 기존의 영주들까지 참가하기 때문이다.

예를 들어, 공작령이 비어 있을 경우 후작급 이하 마법사가 참가한다. 물론 9서클 마스터가 되어야 참가 자격을 획득한다.

그렇게 하여 한 후작이 새롭게 공작으로 승작되면 그 후작이 차지하고 있던 영지의 새 주인을 뽑기 위한 대결이 진행되는 식이다.

올해는 로렌카 제국력 330년이 되는 해이다. 다시 말해 30년 만에 영주 선발대회가 개최된다.

이 대회는 조만간 수도 맥마혼에서 열릴 예정이다.

"올해는 공작령 2개, 후작령 5개, 백작령 16개, 자작령 21개, 그리고 남작령 88개의 주인이 가려지게 됩니다."

"그래?"

"네, 유례없는 일이지요. 3년 전 가브랄 산맥의 몬스터 토벌 때 예상치 못한 사태가 벌어져 상당히 많은 영지가 비어 있습니다."

"예상치 못한 사태?"

현수가 가볍게 반문하자 이즈라 케볼트는 수다를 떨 좋은 기회를 얻었다는 듯 자신이 알고 있는 바를 털어놓았다.

3년 전, 마인트 대륙 서쪽에 치우쳐 있는 가브랄 산맥에선 큰일이 벌어졌다. 갑작스레 엄청난 수의 몬스터가 인근 영지들로 쏟아져 나온 것이다.

인근 영지들은 전부 남작령인데 영주들의 힘만으론 해결할 수 없어 중앙에 지원 요청을 하였다.

이에 상당히 많은 귀족이 파견되었다. 내전이랄지 외침이 없는 평화시기였기에 대단위 공격 마법을 연습할 기회가 없어 너도나도 지원을 자청한 결과이다.

어쨌거나 공작 6명, 후작 13명, 백작 81명, 자작 222명, 남작 691명이 토벌대가 되어 파견되었다.

이들은 이끈 건 차기 황제로 주목받는 2황자였다.

흉포하기 이를 데 없는 바질리스크과 드레이크들까지 사냥하며 기세를 올리던 중 느닷없이 화산이 폭발했다.

몬스터들은 인간보다 예민한 감각을 가졌기에 이를 감지하고 가브랄 산맥으로부터 벗어나려 했다.

이를 불규칙적인 몬스터 러시라 여겨 대규모 토벌대를 보낸 것이다.

느닷없는 분화였지만 마법사들은 침착하게 대처했다. 그럼에도 상당히 많은 수가 희생되었다.

폭심지 인근에 있던 마법사들이 그들이다.

공작 3명, 후작 8명, 백작 23명, 자작 101명, 남작 223명이 용암에 휩싸여 한 줌 재가 되어버렸다.

이들 중 상당수는 아들이 대를 이었지만 그러지 못한 곳은 졸지에 영지의 주인을 잃은 것이다.

현수는 이즈라 케볼트로부터 보다 많은 정보를 얻어냈다.

CHAPTER 05
절세미녀를 상으로

영주 선발대회가 벌어지면 수도의 모든 행정은 올 스톱이
된다. 대륙 각지로부터 엄청난 수의 마법사가 모여들기 때문
이다. 그럼에도 별다른 일은 벌어지지 않는다.

대부분 포탈을 이용하기 때문이고, 이를 이용하려면 일차
적으로 신분 확인이 되어야 하기 때문이다.

아무튼 매 대회 때마다 새롭게 영지를 갖게 되는 자들은 절
세미녀를 부상으로 받는다. 마법사들은 개인의 성취를 높이
기 위해 결혼을 하지 않는 경우가 많기 때문이다.

황제가 친히 내린 상이니 신임 영주들은 싫어도 그녀들을

아내로 맞이해야 하며, 반드시 자식을 보아야 한다.

아울러 훌륭한 마법사로 양성시켜야 할 의무를 가진다.

절세미녀들은 마인트 대륙에서도 선별되지만 아르센 대륙에서도 상당수 데려온다.

이곳 여인들은 99%가 흑발이지만 아르센 쪽은 다양한 색상의 머리카락이 존재한다. 금색, 붉은색, 보라색도 있으며 심지어 초록빛 머리카락을 가진 여인도 있다.

젊어선 흑발이고 늙으면 백발밖에 없는 곳이니 이곳 사람들에게 있어 얼마나 신선하겠는가!

게다가 아르센 쪽엔 미의 대명사인 엘프도 있다.

하여 이곳 사람들은 아르센 대륙에서 온 여인들을 아주 색다른 미녀로 여기고 있다.

이런 연유로 외출자들은 원대 복귀할 때마다 아르센의 미녀들을 대동한다. 상납을 통한 신분 상승을 꿈꾸기 때문이다.

다프네의 경우처럼 노예로 사서 데리고 오는 경우도 있지만 대부분은 납치이다.

한번 이곳에 오면 영원히 빠져나갈 수 없으므로 후환 따윈 전혀 염려하지 않아도 되기에 아주 과감하다.

하여 공작가나 후작자의 영애들도 심심치 않게 실종되었다. 심지어는 공주도 사라졌고, 갓 결혼한 백작부인이 사라지는 일도 있었다.

가장 세간의 이목을 집중시킨 것은 지금으로부터 약 30년 전에 실종된 마카디아 납치 사건이다.

백주에 마차를 타고 가다 20여 명에 달하는 수행원 전부를 죽이고 납치해 갔다. 당시 마카디아는 세상의 빛을 다스리는 여신의 가장 강력한 성녀 후보였다.

마차를 타고 성전으로 들어가 여신으로부터 은총의 빛을 받으면 곧바로 성녀가 될 예정이었는데 그러기 몇 시간 전에 대로 한복판에서 납치된 것이다.

이후로 종적이 묘연했는데 바로 이곳 마인트 대륙으로 끌려왔다. 그리곤 영주 선발대회의 승자에게 하사되어 여섯 번째 부인이 되었다. 지금은 나이가 들어 뒷방에 처박혀 있다.

어쨌거나 아르센에서 데리고 온 미녀들은 고위 귀족들에게 상납되거나 고가로 팔린다.

다만 영주 선발대회가 시작되기 2년 전부터 데리고 오는 미녀들은 미추에 관계없이 전원 황궁에 머물도록 되어 있다.

우승자 선물은 충분히 준비되어야 하기 때문이다.

'다행이네. 아직 괜찮겠군.'

현수는 다프네의 신상에 별 탈이 없을 것이라 생각했다. 다프네는 아르센에서도 찾아보기 힘든 절세미녀인 때문이다.

"수고했네요. 이제 돌아가도 됩니다."

"네, 스승님 만나시면 말씀 좀 잘해주십시오."

"그러지요."

현수가 고개를 끄덕이자 이즈라 케볼트는 허리까지 숙여 예를 갖추곤 물러났다.

왠지 심상치 않다 여겨 멀찌감치 떨어져 현수를 살펴보면 뚱뚱한 아줌마는 고개를 갸웃거린다.

하늘같은 5서클 마법사가 겨우 용병에게 허리까지 숙여 예를 갖추니 의아한 것이다.

이즈라 케볼트가 물러가자 슬금슬금 다가온다.

"이봐요!"

"네?"

"내일 지붕 수리하라고 한 거, 그거 취소할게요."

"네?"

"안 해도 된다고요. 근데 그쪽, 뭐 하는 사람이에요? 평범한 용병 아니죠? 혹시 외출자?"

사실대로 말해 궁금증을 풀어달라는 표정이지만 그래줄 하등의 이유가 없다.

"아닙니다. 그냥 평범한 용병이에요."

"근데 왜……?"

5서클 마법사가 허리까지 숙이느냐는 말이다.

"그냥 아는 사람이에요. 그냥요."

말을 마친 현수는 제 방으로 올라갔다.

마법사의 불심검문에 의해 연행되었으므로 못 돌아올 줄 알고 말끔히 치워진 상태이다.

"내일 아침까지 날 방해하지 말아요."

"네, 알았어요."

자하라라는 이름의 뚱뚱한 아줌마는 얼른 고개를 끄덕인다. 분명 평범한 용병은 아니라고 생각한 때문이다.

쿵—!

문이 닫히자 현수는 침상에 걸터앉았다. 그리곤 조금 전에 얻어낸 정보들을 정리해 보았다.

조만간 영주 선발대회가 개최된다. 이게 끝나기 전에 다프네를 구하지 못하면 험한 꼴을 당하게 될 것이다.

흔히들 한 나라를 기울게 할 정도로 아름다운 여인을 경국지색이라 한다.

동탁과 여포 사이를 이간질한 초선(貂蟬)이나 춘추전국시대 때 오나라 왕 부차에게 접근하여 오나라가 멸망케 한 서시(西施)가 이런 여인이다.

다프네도 충분히 이런 반열에 들 초절정 미녀이다.

그런 아름다운 여인을 그림 감상하듯 바라만 볼 사내는 없을 것이니 화를 당하기 전에 구해내야 한다.

그래야 친구가 된 라이세뮤리안에게도 면(面)이 선다.

쿵, 쿵, 쿵―!

"문 좀 열어주십시오."

쿵, 쿵, 쿵―!

"어서요. 어서 문 좀 열어주십시오."

"끄응! 누구지?"

날이 새도록 이런저런 생각을 하다 깜박 졸던 현수는 자리에서 일어나 문을 열었다.

"이즈라 케볼트 씨?"

"아, 하인스 님, 안녕히 주무셨습니까?"

"네, 그런데 웬일이십니까?"

"어제 범한 무례가 마음에 걸려서요. 아침 식사를 대접하러 왔습니다. 아직 식전이죠?"

"으음! 괜찮은데……."

"어차피 아침은 드셔야 하잖아요. 내려가시죠."

보아하니 거절한다 해서 금방 갈 것 같지가 않다.

그렇다면 이곳에 대한 정보를 조금 더 얻을 수 있는 기회를 걷어찰 이유가 없다.

"그러죠. 잠시만요."

벗어놓았던 의복을 갖추고 내려가니 자하라가 준비해 놓은 테이블로 안내한다.

"아침치곤 조금 거하군요."

현수의 말은 공치사가 아니다. 식탁에 차려진 음식은 열 명이 먹어도 될 정도로 많았다.

"제 정성입니다. 앉으시죠."

"흐음, 그럽시다."

자리에 앉으니 어서 먹으라고 손짓한다.

하여 이것저것 맛을 보았다. 아르센 대륙에선 볼 수 없던 음식인데 맛도 향도 괜찮았다.

기왕에 차려놓은 음식인지라 체면 차리지 않고 배를 채웠는데 맛이 좋아 그런지 과식을 했다.

"끄으윽! 잘 먹었습니다."

"하하! 다행입니다. 차도 한잔하서야죠?"

"…그러죠."

"자하라, 여기 차."

"네, 갑니다, 가요."

뚱뚱하지만 자하라의 동작은 민첩했다.

"자, 특제 호들펜 차입니다."

"……?"

처음 듣는 명칭이지만 내색해선 안 되기에 아무런 대꾸 없이 바라만 보자 이즈라 케볼트는 접시 위의 가루를 뜨거운 물에 넣고는 휘휘 젓는다.

"아이스! 아이스! 아이스! 드시죠."

뜨겁던 물을 차갑게 식히곤 현수에게 건넨다. 이건 대체 어떤 맛일까 싶은 현수는 찻잔을 입에 댔다.

후루룩! 후르르륵―!

"……!"

생강엿을 물에 풀어놓은 듯한 맛이다. 달착지근하면서도 톡 쏜다.

"어, 어떻습니까?"

"좋군요. 덕분에 식사 잘했습니다."

"아! 그렇습니까? 다행입니다."

이즈라 케볼트는 아주 기분이 좋다는 듯 환히 웃는다.

"네, 수도로 가면 스승님께 말씀 잘 드리겠습니다."

"그래주시면 저야 고맙죠. 근데 곧장 수도로 가실 겁니까? 여기 며칠 더 머무시는 건 어떨까요?"

"네? 머물러요?"

"이 근처에 볼거리가 좀 많거든요. 머무신다고 하면 식대는 물론이고 숙박비까지 제가 부담하겠습니다."

이즈라 케볼트는 어서 고개를 끄덕이라는 표정이다.

"에구! 말씀은 고마운데 스승님이 빨리 오라고 하셔서요."

"그렇군요. 그럼 곧장 수도로 가실 겁니까?"

"네, 그럴 생각입니다."

"휴우, 먼 길이군요. 부디 조심해서 가시길 바랍니다."

"걱정해 줘서 고맙습니다."

현수는 주변 탁자의 인물들이 보내는 관찰하는 듯한 시선이 꺼려졌다. 다분히 의심스럽다는 표정이다.

하긴 5서클 마법사가 한낱 용병에게 절절매는 모습을 보여 주고 있으니 어찌 평범해 보이겠는가!

식사를 마친 현수는 객실로 올라가 짐을 챙겼다.

어제 더 이상 용병 생활을 할 수 없게 된 장년인으로부터 구입한 삽과 곡괭이, 그리고 망치 등을 걸머졌다.

누가 봐도 완벽한 용병의 모습인지라 슬쩍 만족에 찬 미소를 짓기도 했다.

'훔친 밀 포대에 핀 꽃 한 송이'라는 괴상망측하고 긴 이름의 여관을 운영하는 자라는 문을 열고 나가는 현수를 바라보며 고개를 갸웃거린다.

평범한 용병은 아닌 게 분명한데 대체 뭔가 싶은 것이다.

"흐음! 저쪽인가?"

수도 맥마흔 쪽을 바라본 현수는 곧바로 출발했다.

성문 밖으로 나갈 때에도 통행증 검사를 했는데 나가는 것이라 그런지 설렁설렁하는 듯하다.

그래도 출입자 기록 명부에 날짜와 시간, 그리고 이름을 꼼꼼히 기록하는 모습이 인상적이다.

"일이 없었나 봅니다. 잘 가슈."

"그렇지요. 뭐, 수고하십쇼."

현수는 손까지 흔들어 주었다. 그런 그를 바라보는 위병의 입가에 매달려 있던 미소가 사라진다. 대신 매서운 눈빛으로 현수의 뒷모습을 살핀다.

"곡괭이는 오른쪽 어깨에, 삽은 왼쪽 어깨, 그리고 망치는 왼쪽 허리춤. 흐음, 키는 180㎝가 조금 넘는 것 같고 몸무게는 한 80㎏쯤 되겠군."

같은 시각, 현수와 아침 식사를 하는 동안 요조모조를 살핀 이즈라 케볼트는 보라색 수정구 앞에 앉아 있다.

"여기는 누라하, 여기는 누라하 영지입니다. 수도의 정보처에 거수자 관련 긴급 보고드립니다."

"누라하는 말씀하십시오."

"보고자 이즈라 케볼트. 5서클 마법사입니다."

"그래? 계속하게."

저쪽이 더 서클 수가 높은 듯 바로 말을 내린다. 이즈라는 이에 대해 조금의 불만도 없는 듯 바로 보고를 이어간다.

"이곳에 거수자가 발견되어 보고드립니다. 신장 약 180㎝, 몸무게 약 80㎏이며, 흑발에 약간 못생겼습니다. 나이는 삼십 대 초반으로 추정됩니다. 그리고 황색 피부입니다."

수정구에 비친 인물은 규칙에 따라 보고 내용을 기록하는 듯 고개를 숙이고 있다.

"그런데 뭐가 이상하지?"

"거수자는 1서클 마법사인데 마나 링이 이상합니다."

"이상해? 어떻게 이상한가?"

상대편이 시선을 드는데 육십은 족히 되었을 얼굴이다.

"링이 띠처럼 되어 있는 게 아니라 작은 덩어리처럼 엉겨 있었습니다. 그리고 마법사임에도 불구하고 용병 옷을 입고 있었습니다."

"작은 덩어리라고? 크기는?"

"좁쌀보다 조금 더 컸습니다."

"흐음, 좁쌀보다 큰 덩어리라……. 계속하게."

상대는 신고서 내용에 호두알 크기의 마나 덩어리라 쓰려 고개를 숙인다.

"네, 거수자가 가진 통행증은 카리미 구르센에게 발급된 것으로 3급 용병입니다. 통행증 유효기간은 330년 8월 2일까지입니다."

"카리미 구르센이라고? 잠깐만. 아, 20분 후 통신 재개할 터이니 대기하게."

"네, 알겠습니다."

마인트 제국의 모든 용병에겐 통행증이 발부되고 이에 대한 기록을 중앙으로 보내게 되어 있다.

상대는 이를 확인하려 잠시 자리를 비운 것이다.

이즈라 케볼트는 현수가 거수자이길 간절히 바랐다. 거수자 발견 보고는 대단한 공적으로 인정되기 때문이다.

로렌카 제국이 건국된 이후에도 이에 항쟁하던 존재들이 있다. 마수로부터 운 좋게 몸을 피할 수 있던 기존 국가의 귀족과 마법사들, 그리고 기사와 병사들이다.

이들은 길도 끊긴 깊은 산속으로 스며들었다. 그리곤 게릴라 전법으로 제국의 체계를 공격하곤 했다.

이들에겐 당연히 통행증이 발급되지 않았다. 신분증도 마찬가지다.

아주 가끔 약을 구하거나 특별한 물건을 찾아 산을 벗어나는 경우가 있다. 이들을 일컬어 거동수상자라 한다.

줄여서 거수자라 부르는 이들을 신고하는 자에겐 상당히 큰 상을 내린다.

노예는 평민으로 신분이 바뀌게 되고, 평민은 많은 돈, 또는 넓은 농토를 상으로 받게 된다.

가끔은 미녀가 추가로 하사되기도 한다.

제국을 유지하는 근간인 마법사들의 경우는 이보다 혜택이 더 크다. 거수자를 신고한 마법사는 현재보다 1서클이 높은 것으로 인정된다.

5서클에서 6서클로 올라가는 것보다 6서클에서 7서클로 올라가는 것이 훨씬 더 어려우니 어마어마한 혜택이다.

이즈라 케볼트는 5서클 유저이다. 아직 마스터에 이르지 못해 이번에 있을 영주 선발대회에 참가할 자격조차 없다.

다음 기회는 30년 후에 오는데 그때쯤이면 나이 70이 넘게 된다. 영주가 된다 해도 영광을 누릴 날이 얼마 남지 않은 나이가 되는 것이다.

만일 현수가 거수자인 것이 확실하다면 6서클로 인정된다. 드디어 5서클 마스터를 넘어서는 것이다.

게다가 영주 선발대회 때 가산점을 받게 되므로 잘하면 영지를 가진 귀족이 될 수 있다. 그렇기에 초조한 마음으로 20분을 기다렸다.

치직, 치지직!

"누라하, 누라하 나와라."

수정구에서 빛이 흘러나오자 이즈라 케볼트는 얼른 허리를 펴며 시선을 집중한다.

"네, 누라하의 이즈라 케볼트입니다. 말씀하십시오."

"기록을 확인한 결과 3급 용병 카리미 구르셴은 3년 전에 사망했다. 따라서 자네가 신고한 자는 일단 거수자로 의심된다. 누라하의 영주가 누구지?"

"네? 그, 그렇습니까? 이, 이곳 누라하의 영주님은 카이젠 누라하 자작님이십니다."

"그런가? 알았다. 일단 대기하라."

"네, 마법사님."

이즈라 케볼트는 심장이 마구 뛰는 기분을 좀처럼 진정시킬 수 없다. 로또복권 1등 당첨을 갓 확인한 사람이나 느낄 그런 기분이다.

"아싸!"

두 주먹을 불끈 쥔 이즈라 케볼트는 터져 나오려는 환호성을 억지로 삼켰다.

그리곤 자신이 취할 바를 생각해 보았다. 거수자를 신고하고 검거까지 하면 더 큰 상을 받는다는 걸 알기 때문이다.

"영주님의 명이 떨어진 다음에 추격을 시작하면 늦는다. 남보다 한발 더 빨라야 해. 여기서 이럴 시간이 없군."

생각을 마친 이즈라 케볼트는 얼른 자신의 무구들을 챙겼다. 현수는 1서클 마법일 뿐이다. 5서클인 자신을 감당할 수 없을 것이니 단독으로 추적을 시작하려는 것이다.

같은 시각, 카이젠 누라하 자작은 맥마혼 정보처 요원의 전갈을 받고 가신 및 휘하들을 집합시켰다.

거수자 추격 및 체포 작전의 책임자가 된 때문이다. 거수자를 생포하고 그를 심문하여 나머지 일당의 위치를 파악한 뒤 이를 토벌하는 것이 영주의 임무 가운데 하나이다.

이를 성공리에 마칠 경우 상을 받지만 임무를 완수하지 못하면 처벌을 받기에 만사를 제쳐 놓고 서두른 것이다.

"뭐 해? 어서 어서! 빨리 빨리 움직이란 말이야!"

"네, 영주님!"

30년 전엔 6서클 마스터였지만 지금은 7서클 유저가 된 카이젠 누라하 자작은 절호의 기회를 맞이했음을 직감했다.

이번 임무를 완수하면 8서클 유저로 인정받는다.

이번에 있을 영주 선발대회에서 백작령을 노릴 수 있게 되는 것이다. 그렇기에 마법사들의 모든 행정업무를 중지시키고 출동을 지시했다.

"어서! 어서 가잔 말이다!"

"네, 영주님!"

휘하 마법사들은 군기 들린 신병처럼 카이젠 누라하 자작 앞에 도열했다.

참고로 이곳의 이름 체계는 '이름+영지명'으로 이루어져 있다. 따라서 카이젠 누리하는 누라하 영지의 카이젠이라는 뜻이다.

현수에게 키스당할 뻔한 파티마 이브라힘은 이브라힘 영지의 파티마라는 뜻이다.

파티마의 부친도 용병이었다. 세 번째 임무 거절을 헤르마에서 했기에 그곳에 머무는 것이고, 자유 영지인지라 예전의 이름을 그냥 쓰고 있는 것이다.

"신고자 외 41명의 마법사, 출동 준비 완료입니다."

"좋아, 출동하자!"

영주의 명이 떨어지자 일제히 말에 올라탄다.

아르센 대륙과 달리 이곳의 마법사들은 체력 단련을 게을리하지 않는다. 다시 말해 마법사라 하여 허약하지 않다. 게다가 모두가 말을 탈 줄 안다.

플라이 마법보다 말을 타고 달리는 것이 더 빠르고 효율적임을 인정한 때문이다.

"성문을 열어라! 출동이다!"

명이 떨어지자 육중한 성문이 활짝 열린다.

끼이익! 끼이이익—!

두두두두두! 두두두두두두!

42필의 말이 달려가고 뒤를 이어 병사들이 쫓아나간다.

이번 작전이 얼마나 오래 지속될지 모르므로 식량과 천막 등을 챙긴 마차가 무려 20여 대나 된다.

마차 뒤에는 도보로 쫓아가는 병사들이 있다.

앞서 나간 마법사들의 수발을 들어줘야 하기 때문이다.

아무것도 모르는 현수는 제법 빠른 걸음으로 걷고 있다. 그랜드 마스터인지라 웬만한 사람이라면 달리는 속도이다.

가면서 생각해 보니 마인트 대륙은 정말 크다.

늙은 호박처럼 약간 찌그러진 둥근 땅덩이인데 반지름이 무려 3,000km나 된다.

동서로 6,000㎞이고 남북으론 5,600㎞ 정도 된다.

이 정도면 외곽인 바닷가에서 수도 맥마흔까지 가는 게 쉽지 않다. 수많은 산과 강이 있기 때문이다.

산은 툭하면 고도 5,000m가 넘고, 어떤 강은 폭이 10㎞가 넘어 건너편이 보이지도 않는다.

게다가 물살은 세고, 수중 몬스터도 많다. 중간중간 사막도 있는데 고비사막보다도 훨씬 넓은 것이 즐비하다.

국가가 유지되려면 명령 계통이 엄정해야 하고 적절한 물류가 있어야 한다. 이런 상황이니 포탈 마법진이 많을 수밖에 없는 것이다.

"그나저나 엄청난 땅덩이군. 근데 아르센에선 왜 모를까?"

두 대륙은 약 3,000㎞ 정도 떨어져 있다.

그런데 수천 년이 지나도록 존재 자체를 모른다는 것은 이해가 되지 않는다. 폭풍우에 휘말린 난파선 등이 있었다면 모를 수 없기 때문이다.

그럼에도 아르센에선 이곳에 대해 아는 바가 없다.

이는 두 대륙 사이에 있는 바다의 해류에서 원인을 찾을 수 있다. 중간 정도 되는 곳에 아주 강력한 해류가 형성되어 있다. 하여 제아무리 거센 폭풍우가 휘몰아쳐도 이곳을 지날 수 없기에 난파선조차 건너갈 수 없는 것이다.

원양을 오갈 선박이 발달되어 있지 않기 때문이기도 하다.

반면 이곳 로렌카 제국에선 아르센 대륙에 대해 어느 정도 파악하고 있다.

아르센보다 발달된 선박 기술을 가진 것은 아니다. 약 300년 전에 존재한 두 명의 마법사 때문이다.

알리와 케인이라 불리던 이들은 로렌카 제국의 초대 공작이다. 다시 말해 9서클 마스터들이다.

이들은 술자리에서 내기를 했다.

알리는 바다 건너편에 미지의 대륙이 있을 것이란 의견이었고, 케인은 마인트 대륙이 이 세상의 전부라고 주장했다.

둘이 내기에 건 금액은 황금 10톤이다.

지구에서도 그러하지만 이곳에서도 매우 큰 금액이다.

알리 공작은 자신의 주장이 옳음을 증명하기 위해 무작위 좌표로 텔레포트를 시도했다.

도착지가 망망대해가 될 수도 있기에 목숨을 건 도박이다.

하여 아공간에 작은 배를 한 척 실었다.

물론 식량과 물도 충분히 넣었다. 텔레포트를 했는데 바다가 나타나면 얼른 배를 타면 된다 생각한 것이다.

수십 번의 텔레포트를 시도한 끝에 블랙일 아일랜드를 알게 되었다. 그곳에서 다시 장거리 텔레포트를 해보았다.

수백 번의 텔레포트 끝에 우연히 아드리안 공국 최남단에 위치한 항구도시 콘트라를 알게 되었다.

알리 공작은 용병으로 신분을 위장한 뒤 대륙을 횡행하면서 안전 좌표를 확인했다.

알리 공작은 아드리안 공국을 지나 미판테 왕국을 방문했다. 이어서 테리안 왕국과 브론테 왕국 또한 가보았다.

이 과정에서 아르셴 대륙에 관한 많은 정보가 축적되었다. 그렇게 10년을 돌아다니다 마인트 대륙으로 되돌아왔다.

내기를 한 케인 공작은 알리가 찍어준 좌표로 텔레포트를 해보았고, 흔쾌히 황금 10톤을 건넸다.

이렇게 하여 아르셴 대륙에 관한 것이 마인트 대륙에 전해진 것이다.

현수가 이런저런 생각을 하며 걷는 동안 로렌카 제국 곳곳에 비상이 걸렸다.

누라하 영지로부터 수도 맥마흔에 이르는 길목의 모든 영지에 거수자 체포 명령이 떨어진 것이다.

누구든 거수자를 체포하는 공을 세우면 상을 받는다.

하여 모든 길목에 감시의 눈길이 배치되었다. 아울러 거수자가 은신해 있을 만한 곳을 샅샅이 뒤지기 시작했다.

공작이 아닌 영주들 모두 본인이 직접 나섰다.

현수를 체포하면 조만간 있을 영주 선발대회에서 큰 이득을 볼 수 있기 때문이다.

"그나저나 이렇게 가다간 한 달도 더 걸리겠군. 속력을 내야겠어. 아공간 오픈!"

현수는 아공간에 담긴 오토바이를 꺼냈다. 대림에서 만든 VJF—125 모델이다.

백두마트를 털 때 누군가 타던 것이 딸려온 것이다.

이것의 연료 탱크는 14.85리터짜리인데 약 10리터가 남아 있다. 리터당 약 30㎞를 달리니 300㎞를 갈 수 있다.

그런데 맥마흔까지의 거리가 3,000㎞나 된다.

당연히 연비 향상 작업이 필요하다. 하여 익숙한 솜씨로 엔진을 손봤다.

그 결과 주행 거리가 3,600㎞로 늘어났다.

"흐음! 수냉식이니 엔진 냉각수 온도를 조절해야겠군."

차갑게 식혀주는 아이스 마법보다는 항온 마법이 좋을 듯하여 냉각수 탱크에 마법진을 그려 넣었다.

배기통에도 같은 마법진을 그려 넣었다. 30분만 지나면 화상을 입을 정도로 뜨거워짐을 알기 때문이다.

"다음은 논 노이즈 마법인가?"

사람들의 시선을 끌지 않아야 한다.

그런데 오토바이는 특유의 시끄러운 엔진음을 낸다. 하여 이를 줄이기 위해 마법진을 그려 넣었다.

"흐음, 에어 퓨리파잉 마법진도 그려야겠지?"

이곳의 청정 공기를 가급적 오염시키고 싶지 않은 마음이

든 때문이다.

헬멧을 꺼내 쓰고는 오토바이에 올라 시동 키를 돌렸다.

부르릉―!

단번에 시동이 걸린다. 그런데 소리가 너무 작다. 흡족한 기분이 든다.

"그럼 한번 가볼까?"

부웅, 부우우우웅―!

대림 VJF―125가 마인트 대륙의 대지 위를 질주하기 시작한다. 논 노이즈 마법이 구현되는 중이기에 별다른 소리를 내지 않아 좋았다.

변변한 도로조차 없는 곳이기에 현수는 시선을 집중시킨 채 엑셀을 당겼다.

바아아아아아아앙―!

일반적으로 80~90데시벨 정도의 소리가 나야 한다. 그런데 20데시벨에도 미치지 못할 정도의 소리가 난다.

이 정도면 가까이 다가갈 때까지 눈치챌 수 없는 스텔스 오토바이라 할 수 있다.

CHAPTER 06
스텔스 오토바이를 타고

오토바이가 달리기 시작하자 긴 흔적이 남는다.

현수는 이를 눈치채지 못하고 있다. 앞쪽의 상황을 살피기에도 바쁜 때문이다.

조금 전 현수는 제법 빠르게 걷고 있었지만 가장 근접한 추적자인 이즈라 케볼트와의 거리는 점점 좁혀지고 있었다.

말을 타고 쫓는 중이기 때문이다. 그런데 느닷없는 오토바이 때문에 둘 사이는 점점 벌어지는 중이다.

지구의 경주마는 시속 60~70km의 속도를 낸다. 물론 단거리 달리기 속력이다.

이곳은 철 관련 산업이 발달되어 있지 못해 말발굽이 없다. 말발굽은 자동차의 타이어와 같은 것이다. 달릴 때 미끄러지지 않게 해주고 발에 물집이 생기지 않게 한다.

이런 게 없는데다 경주를 하는 게 아닌지라 이즈라 케볼트는 시속 20~25㎞의 속력으로 질주하는 중이다.

조금 전까지 현수는 약 10㎞/h의 속력으로 걸었다.

하여 둘 사이의 거리가 좁혀졌다. 그런데 지금은 약 60㎞/h의 속력으로 쏘아져 가는 중이다.

당연히 둘 사이의 거리는 점점 벌어진다. 게다가 말은 지치지만 현수가 탄 오토바이는 그러지 않는다. 따라서 이즈라 케볼트는 현수를 따라잡을 수 없을 것이다.

부아아아아앙—!

현수가 탄 오토바이가 긴 흔적을 남기며 마인트 대륙의 대지 위를 달린다.

도로가 있기는 하지만 마차 한 대가 간신히 지날 만한 폭이고 바닥은 며칠 전에 내린 비 때문에 질척인다.

촤아아아아~!

오토바이가 바닥의 물을 가르며 달리자 물보라가 인다. 덕분에 흔적이 끊긴다. 그렇게 한참을 달렸다.

시속 60㎞로 두 시간 정도 달렸으니 100㎞ 이상은 이동한 듯싶다. 현수는 오토바이에 문제가 생기면 본인만 피곤하기에 잠시 휴식을 취했다.

손을 대보니 항온마법진이 훌륭히 임무를 완수하고 있어 엔진과 배기통은 뜨겁지 않다.

"흐음! 차나 한 잔 할까?"

아공간에서 커피믹스를 꺼내 한 잔 만들었다. 커피의 카페인은 각성 효과를 높여줄 것이다.

후르릅!

한 모금 마시고 사방을 둘러보는데 먼 곳에서 무언가 움직이고 있다. 협곡이 시작되는 곳이다.

"뭐지?"

몬스터는 아닐 것이다. 햇빛이 반사되는 걸 보면 잘 벼려놓은 병장기를 들고 있다.

간혹 오크들도 인간으로부터 노획한 무기를 사용하지만 날을 갈거나 녹을 떨구는 일을 할 능력이 없다.

따라서 움직임을 보이는 것은 인간일 것이다.

잠시 고개를 갸웃거린 현수는 다시 헬멧을 썼다. 그리곤 질주를 재개했다.

부아아아아앙—!

달리면서 보니 병사들이 숲으로 들어간 듯하다.

'아하! 몬스터 토벌을 하러 온 모양이군. 그렇다면 얼른 통과하는 것이 상책!'

제 마음대로 생각을 굳힌 현수는 협곡 입구로 방향을 잡았다. 숲 속에 몬스터가 우글대는데 굳이 그쪽으로 갈 이유가 없기 때문이다.

부아아아앙—!

"으앗! 저, 저게 뭐냐?"

"헉! 괴물이다! 근데 엄청 빨라!"

"몬스터인가 보다! 모두 공격하라!"

"파이어 애로우!"

"윈드 스톰!"

"라이트닝 볼트!"

숲 속에 있던 마법사들이 일제히 마법을 난사하고 병사들은 화살을 쏘거나 창을 던진다.

"이건 뭐야? 쉴드!"

부아아아아앙—!

스트롤을 당기자 대림 VJF—125는 더욱 빠른 속도로 쏘아져 간다. 협곡 내부로 들어서자 양쪽에 마법사와 병사들이 배치되어 있다.

"으앗! 괴, 괴물이다! 놓치지 마라! 모두 공격!"

"라이트닝 볼트!"

"파이어 애로우!"

"윈트 커터!"

마법사들이 일제히 마법을 난사했지만 현수와 오토바이가 지나간 뒤다. 병사들이 쏜 화살과 던진 창 역시 아무도 없는 허공만 가를 뿐이다.

'뭐야? 대체 왜 공격하지?

"모두 공격하라! 공격하라!"

"플레임 버스터!"

쐐에엑! 퍼어엉―!

6서클 마법이 구현되자 뜨거운 열기가 느껴진다. 하지만 현수에겐 별 위협이 되지 않는다. 헬멧을 쓴 때문이다.

부아아아아아앙―!

오토바이는 마법사와 병사들 사이를 빠른 속도로 돌파했다. 약 300m에 이르는 통로 아닌 통로를 지나는 동안 무수한 마법 공격이 있었지만 유효한 것은 없었다.

오토바이의 빠른 속도를 체험한 바 없기에 모두 지나간 곳을 휘저은 결과가 된 때문이다.

이곳에서 실랑이를 벌이고 있을 시간적 여유가 없기에 현수는 곧장 수도 쪽으로 쏘아져 갔다.

뒤쪽의 마법사와 병사들 모두 발을 동동 구르며 안타까워했다. 살아 있는 로또복권을 놓친 때문이다.

"빌어먹을!"

화려하게 수놓아진 로브를 걸친 마법사가 투덜거린다. 이 영지의 영주이다.

"영주님, 어, 어떻게 하죠?"

"어떻게 하긴, 통신용 수정구를 가져오도록!"

"네, 알겠습니다."

잠시 후 어린아이 머리통만 한 수정구에 마나를 불어넣은 영주는 상대편의 영상이 나타나자 얼른 입을 연다.

"후작님, 펜말 백작입니다. 방금 전 후작님의 영지 쪽으로 거수자가 이동했습니다. 엄청나게 빠릅니다. 화살과 창은 별 해를 못 입히니 단단히 준비하십시오."

"그런가? 정말 거수자인가?"

"네, 한 번도 보지 못한 기물을 타고 이동하고 있습니다. 말보다 훨씬 빠릅니다. 다시 한 번 반복합니다. 말보다 훨씬 빠릅니다."

"빨라? 대체 얼마나 빠르기에?"

"말보다 최소 서너 배는 빠릅니다. 그리고 머리에 뭔가를 뒤집어썼습니다. 화살로는 해를 입힐 수 없을 겁니다."

뭔 소린지 이해되지 않지만 제대로 된 정보인 듯싶은지 후작이 크게 고개를 끄덕인다.

"고맙네, 펜말 백작. 자네의 정보, 아주 유용할 것이네. 신세 진 것 잊지 않지. 다음에 보세."

"네, 후작님. 그럼 이만 통신을 마칩니다."

수정구에서 후작의 영상이 사라지자 영주는 나직이 투덜거린다.

"젠장! 아주 좋은 기회였는데. 끄응! 30년을 더 기다려야 하는가? 젠장! 젠장할!"

현수를 잡았다면 백작에서 후작으로 승작할 기회이다. 그런데 손쓸 틈조차 없이 사라져 버렸다.

워낙 빠르기에 추격은 아예 생각도 하지 않는다.

가장 빠른 교통수단이 말인데 그보다 훨씬 빠른 오토바이를 어찌 쫓겠는가!

펜말 백작 일행이 영주성으로 되돌아가는 동안 정보를 얻은 루펜자 후작 영지는 소란이 빚어진다.

현수를 생포하기 위해 바위 등으로 바리케이드를 설치하고 매복을 준비하는 중이다.

"신호에 따라 행동한다. 알겠나?"

"네, 영주님."

루펜자 후작은 병사와 마법사들을 전력 배치했다.

병사들은 두 무리로 나뉘어 있는데 궁병과 창병이다.

현수가 포위망 속으로 들어올 때까지는 가만히 있다가 창병은 투창을 하고, 궁병은 활을 쏠 예정이다.

이들의 목표는 현수가 아니라 뭔지 알 수 없는 탈것이다.

뼈와 살로 이루어진 정체불명인 몬스터를 타고 있다 생각했기에 이런 결정을 내렸다. 과학기술을 이용한 문명의 이기가 별로 없는 세상인 때문이다.

같은 순간 마법사들은 일제히 파이어 애로우를 구현시키기로 했다. 사방에서 이것들을 쏜 직후 아이스 볼트와 라이트닝 볼트가 차례로 시전될 예정이다.

이럼에도 거수자가 포위망을 벗어나려 하면 루펜자 후작이 나서서 7서클 마법인 어스퀘이크를 구현시키기로 했다.

이게 끝이 아니다. 이 모든 공격을 견뎌내면 곧바로 대단위 공격 마법인 헬 파이어가 시전된다.

이 정도면 와이번이라 할지라도 통구이가 되니 충분히 현수를 체포할 수 있을 것이다.

루펜자 후작은 거수자가 화상으로 사망하면 추가 정보 획득이 어려울 것임을 알기에 7서클 마법사를 대기시켰다.

컴플리트 힐 마법과 회복포션이라면 웬만한 화상 정도는 거뜬히 치료되기 때문이다.

이런 상황을 모르는 현수는 고개를 갸웃거리고 있다.

생판 처음 보는 사람들이 다짜고짜 공격을 퍼부으니 적응되지 않기 때문이다.

'왜 날 공격하지? 여기서 한 일은 아무것도 없는데.'

부아아아아앙—!

생각하는 동안에도 오토바이는 울퉁불퉁한 숲 속을 내달

리고 있다. 워낙 조용한 곳이고 인적이 없는 곳인지라 20데시벨 이하의 소음뿐이지만 현수의 귀에는 크게 들린다.

"끄응, 그래도 시끄럽군."

적당한 곳을 찾아 오토바이를 세우곤 간식을 꺼내 먹었다.

따가운 햇살이 느껴져 그늘로 들어간 뒤엔 논 노이즈 마법진을 하나 더 그려 넣었다.

이 정도면 20데시벨이 아니라 3~4데시벨밖에 되지 않을 것이다. 숨소리나 낙엽 구르는 소리가 10데시벨이니 이 정도면 아무런 소리도 나지 않는 것이나 마찬가지다.

"가자!"

부우우우웅―! 촤아아아아아―!

엔진 음은 귀를 기울이지 않으면 들리지 않을 정도로 작다. 반면 타이어가 지면을 박차는 소리는 제법 시끄럽다. 이건 줄일 방법이 없다. 흙에다 마법을 걸 수는 없기 때문이다.

한참 달리는데 저 멀리 인적이 느껴진다.

약 2㎞ 전방이다.

"뭐야? 날 기다리는 거야? 왜 이러지?"

고개를 갸웃거리면서도 지형을 살펴보았다. 양쪽은 절벽이다. 다시 말해 사람들이 기다리고 있는 곳을 지나쳐야 한다.

"끄응! 지형 한번……."

한시바삐 수도로 가야 하는데 이렇듯 계속해서 앞을 막으면 상당한 시간이 지체될 듯하다. 하지만 어쩌겠는가!

일단은 기다리고 있는 사람들 쪽으로 빠르게 다가갔다.

부우우웅—! 촤라라라라라라—!

뒷바퀴에 의해 튀어 오른 흙이 식물의 잎사귀에 부딪치며 소리를 낸다. 현수는 스트롤을 더 당겼다.

이 순간이다.

"투창!"

휙, 휘익! 휙휙휙휙!

500여 개의 창이 날아온다.

"계속해서 발사!"

쇄에엑! 휘이익! 슈우욱! 쒸아앙! 쒜에엑!

약 500여 발의 화살이 날아오는데 곧이어 추가로 500발의 화살이 또 쏘아져 온다.

"공격 개시!"

"파이어 애로우! 파이어 애로우! 파파파파파이어 애로우!"

약 600개의 불화살 또한 쇄도한다.

"이것들이 진짜! 에이, 쉴드!"

티팅! 티티티티티티티팅—!

창과 화살, 그리고 불화살이 쉴드에 부딪친다.

부아아앙! 촤라라라라라락!

오토바이는 사람들 사이로 쏘아져 간다. 마법사들은 놀라서 물러서면서도 마법을 난사한다.

"아이스 볼트! 라이트닝 볼트!"

쒜에에엑! 슈아아악! 쎄에엥! 샤아아악!

다시 300여 개의 마법 공격이 시도되었지만 쉴드에 막혀 아무런 효과도 내지 못한다. 그렇게 오토바이가 사람들 사이를 빠져나가려 할 때다.

"어스퀘이크!"

우릉! 우르르르룽—!

"으읏!"

갑작스레 땅거죽이 흔들리는가 싶더니 여기저기 쩍쩍 입을 벌린다. 현수는 속도를 약간 낮춘 뒤 비교적 멀쩡한 곳을 찾아 전진했다.

이곳에서 오토바이를 멈추면 사방에서 쏟아질 공격 때문이 아니다. 그건 배리어 마법만으로도 충분히 막을 수 있다.

모진 마음이 들어 여기 있는 모든 사람을 죽이게 될까 싶어 그냥 가려는 것이다.

부아아아앙! 촤라라라라락!

"헬 파이어!"

고오오오오오—! 콰아아앙!

거대한 불덩어리가 형성되더니 가려는 길 앞에 떨어진다. 현수 본인은 상관없지만 오토바이는 아니다.

"앱솔루트 배리어!"

말이 떨어지기 무섭게 현수는 물론 오토바이까지 투명한 배리어로 감싸인다.

현수는 이 무지막지한 공격 마법을 자신에게 퍼부은 늙은 이를 쨰려보았다. 두 팔을 벌린 채 자신이 구현시킨 마법에 마나를 불어넣고 있다.

족히 70살은 넘어 보이는데 몹시 탐욕스런 얼굴이다. 이런 공격을 받았는데 어찌 그냥 갈 수 있겠는가!

"아공간 오픈!"

현수는 활을 꺼내 들곤 힘껏 시위를 당겼다.

패에엥! 쐐에에에에엑—!

"커흑! 블링크!"

오러 실린 화살이 쏘아져 오자 화들짝 놀라며 몸을 피한다. 한 번도 생각해 보지 못한 공격이기 때문이다.

이러는 사이에 오토바이는 포위망을 완벽히 벗어난다.

부아아앙! 촤르르르르륵—!

튀어 오르는 흙먼지를 바라보는 후작의 얼굴엔 낭패감이 어려 있다. 나름 천라지망이라 생각한 포위망을 너무도 쉽게 통과했을 뿐만 아니라 반격까지 당한 게 어이없는 것이다.

"여, 영주님! 어, 어떻게 합니까? 추격해요?"

"아니, 아니다! 수정구 가져와!"

"네, 영주님!"

잠시 후 통신용 수정구를 앞에 둔 루펜자 후작은 영상이 나타나자 얼른 입을 연다.

"케즈만 공작님, 루펜자 후작올시다."

"오! 후작, 오랜만일세. 그래, 잘 지내는가?"

"네, 염려해 주신 덕분에 잘 지내고 있습죠."

"그런가? 다행이네. 근데 얼굴이 왜……. 자네도 얼른 9서클에 올라야겠네. 얼굴에 주름이 많이 늘었군."

"…네, 그래야지요."

수정구에 나타난 사내의 얼굴은 30대 후반 정도로 보인다. 9서클이 되면서 바디체인지를 겪은 결과일 것이다.

"그래, 웬 바람이 불어 통신을 요청했는가? 영지에 큰일이라도 벌어졌나? 아님, 잔치가 있어?"

"네, 손녀 아이가 다음 달에 결혼하기는 합니다."

"오! 그래? 감축하네. 라일라인가, 아님 나디아인가?"

"라일라는 벌써 애가 셋입니다. 나디아죠."

"아! 그래? 그럼 손서 될 녀석은 누군가?"

공작은 진심으로 축하한다는 표정을 짓는다. 공작이 후작의 외당숙이니 어쩌면 당연한 일이다.

"그보다는 공작님."

"그래, 말하게."

"방금 전 거수자 하나가 제 영지를 거쳐 공작님의 영지 쪽으로 향했습니다."

"거수자가?"

"네, 뭔지 모를 탈것을 타고 갔는데 엄청나게 속도가 빠릅니다. 화살보다도 빠른 것 같습니다."

사실 이 말은 뻥이다.

현수가 탄 오토바이는 고르지 못한 지면 때문에 간신히 시속 60㎞로 달린다.

반면 리커브 보우의 화살 속도는 약 235㎞/h이다.

참고로 35~40파운드짜리 활은 약 170㎞/h이고, 55~60파운드짜리는 230㎞/h 정도의 속력이 나온다.

비교적 후진 이곳의 활도 시속 100㎞/h는 나온다.

따라서 루펜자 후작의 말은 상당한 거품이 끼어 있다 할 수 있을 것이다.

"화살보다도 빠르다고? 뭔데 그러는가?"

"그게 뭔지 알 수는 없습니다. 다만 엄청 빠르다는 것과 머리에 뭔지 알 수 없는 것을 뒤집어썼다는 것, 그리고 헬 파이어로도 잡을 수 없었다는 것은 분명합니다."

루펜자 후작의 보고에 케즈만 공작은 놀랍다는 듯 눈을 크게 뜬다.

"헬 파이어로도 잡을 수 없었다고?"

"네, 500명의 궁수와 500명의 창병, 그리고 4서클 마법사 120명과 5서클 48명, 6서클 14명과 7서클 3명, 그리고 제가 온 힘을 다해 공격했음에도 유유히 빠져나갔습니다."

"……!"

공작은 잠시 말을 잃었다. 상식적으로 말이 안 되는 이야기이기 때문이다. 하지만 그 시간은 그리 길지 않았다.

"사람이 분명한가?"

"네, 앱솔루트 배리어 마법을 쓰더군요."

"뭐어? 그렇다면 거수자가 8서클 이상이란 말인가?"

케즈만 공작이 놀랍다는 표정을 지을 때 루펜자 후작은 크게 고개를 끄덕이곤 말을 잇는다.

"뿐만이 아닙니다. 놈은 그 와중에도 오러 실린 화살로 저를 공격했습니다."

"오러 실린 화살? 그럼 보우 마스터란 말인가?"

"제 생각엔 그렇습니다. 분명 오러가 실린 화살이었습니다. 속도도 엄청 빨랐구요."

"놈이 어디로 갔다고?"

"공작님의 영지 쪽으로 향했습니다. 엄청 빠르다는 것, 최소 8서클 이상이라는 것, 그리고 보우 마스터라는 걸 감안해서 포위망을 구축하셔야 할 겁니다."

"흠! 그거 흥미롭구먼. 정보 고맙네. 놈을 생포하면 자네에게 주지. 벽만 넘으면 자네도 자격이 있으니 말일세."

"…그래주시면 저야 고맙지요."

루펜자 후작은 사양하지 않았다.

케즈만 공작은 더 이상 올라갈 데가 없는 최고위층이다. 로렌카 제국엔 공왕제도가 없기 때문이다.

케즈만 공작에게 자식이 있으면 그 자식에게 공을 넘길 수 있겠지만 평생 마법 연구에 몰두하느라 여인을 가까이한 적이 없다.

제국의 황제까지 나서서 여러 번 결혼을 종용했지만 그때마다 고사했다.

케즈만 공작은 명실공히 제국 제일의 천재이다. 그런 그가 죽기 전에 반드시 10서클이 되어 제국의 마법 발전에 기여하겠다는 명분을 세웠기에 말릴 수가 없었던 것이다.

따라서 거수자를 생포해도 별다른 혜택이 없으니 그 공을 넘겨주겠다는 것이다. 오랜만에 흥미로운 일을 접하게 되어 기분이 좋기 때문이다.

케즈만 공작이 현수를 생포하여 그 공을 루펜자 후작에게 넘기면 공작으로 승작할 확률이 매우 높다.

지금껏 8서클 이상인데다 보우 마스터이기도 한 거수자는 잡힌 적이 없기 때문이다.

후작에서 공작으로 승작되면 그 은혜를 잊지 않을 것이다.

그렇게 되면 케즈만 공작의 정치적 입지는 더욱 견고해진다.

그렇기에 이런 결정을 내린 것이다.

"꼭 놈을 생포하시기 바랍니다. 아, 그리고 놈의 속력으로 미루어 짐작컨대 내일 아침쯤 공작님의 영지로 접어들 듯합니다. 이를 감안하십시오."

"그러지. 통신은 이만하세. 미꾸라지를 잡아야 하니 말일세. 내일 다시 연락하세."

"네, 공작님. 부디 놈을 꼭 생포하시기 바랍니다."

"그러지."

통신을 마친 케즈만 공작은 휘하 마법사들을 모두 불러 방금 들은 이야기를 전했다.

거수자가 8서클 마법사라는 말에 다들 놀라는 눈치다.

즉시 팀이 꾸려졌다.

8서클 2명, 7서클 9명, 6서클 41명, 5서클 166명이다. 이 밖에 궁병 3,000명, 창병 2,500명도 있다.

루펜자 후작의 영지에서 케즈만 공작의 영지에 이르는 길은 여러 갈래가 있지만 대부분 산지이다.

평탄한 길은 두 곳뿐인데 갈림길에 나무를 베어 막아버렸다. 윈드 커터로 베어진 나무는 길 한복판에 심어졌다.

뿌리가 없으니 시드는 것이 당연한 일이지만 치밀하게도 보존 마법을 걸었다. 그 정도면 적어도 열흘간은 생생한 나무처럼 보일 것이다.

주변 지형지물까지 살펴가며 세심히 막아놓았기에 초행인 현수로선 알 수 없다.

따라서 현수는 준비된 통로로 접근하게 된다.

케즈만 공작은 거수자가 8서클 이상의 마법사라는 것을 감안해 함정을 팠다.

루펜자 후작의 영지와 케즈만 공작의 영지 사이엔 제법 큰 개울이 흐르고 있다.

그 위에는 나무로 만들어진 다리가 놓여 있다.

다리 이쪽엔 나무를 베어 위장했다. 커다란 바위들을 곁들인데다 보존 마법이 걸려 있어 원래 그런 것처럼 보인다.

이것들 사이에 위장복을 걸친 창병들이 대기하고 있다. 지구에서 쓰는 얼룩무늬 비슷한 옷을 걸친 것이다.

이들의 배후엔 궁수들이 배치되어 있다.

신호가 떨어지면 별도의 명이 있을 때까지 준비된 창을 던지고 끝없이 화살세례를 퍼붓도록 되어 있다.

이들의 공격을 모두 피하고 나면 반드시 발을 들여놓을 자리엔 현수를 사로잡을 마법진이 그려져 있다.

9서클 마스터인 케즈만 공작이 신호를 보내는 즉시 발현될 마법이다.

이 마법이 지속해서 유지되도록 여덟 방위에 5서클 마법사들을 배치했다. 이들은 땅을 파고 그 안에 들어가 있다.

위에는 뚜껑을 덮어놓았는데 웬만해선 식별하기 힘들 정도로 위장된 상태이다.

이들의 임무는 공작이 지급한 특급 마나석의 마나가 제대로 마법진에 공급되도록 하는 역할이다.

어차피 5서클 마법사는 8서클 이상에겐 아무런 해도 끼칠 수 없는 존재이기 때문이다.

이들의 뒤쪽에 위치한 경사지에도 상당히 많은 구덩이가 파여 있다. 각각의 구덩이엔 마법사들이 은신해 있는데 신호가 떨어지면 일제히 마법을 난사하도록 지시된 상태이다.

케즈만 공작과 두 명의 8서클 마법사는 현수가 다가올 도로 전면에 있을 예정이다.

거수자가 모든 난관을 돌파할 경우 헬 파이어와 라이트닝 퍼니쉬먼트로 공격하기로 했다.

8서클 이상인 마법사가 수도로 접근하고 있다. 보나마나 좋지 않은 뜻을 품고 있을 것이다.

수도에 거수자가 잠입할 경우 색출이 곤란하다. 인구가 많을 뿐만 아니라 은신할 만한 곳이 너무 많은 때문이다. 그렇기에 이곳에서 생포하려고 만반의 준비를 갖춘 것이다.

이런 상황인 줄 모르는 현수는 오토바이를 몰고 있다.

부우우우웅—! 촤라라라라라락—!

흙먼지가 자욱하게 튀어 오른다.

부아아아앙一!

아무도 없는 시골길을 달린 오토바이는 제법 물살이 센 개울가에 당도했다. 와이드 센스 마법으로 전면을 살펴보니 제법 많은 인원이 은신해 있다.

현수는 피식 웃었다. 어떤 작전인지 충분히 알 수 있기 때문이다.

"준비를 했다면 깨주지."

부아아아앙一! 우드드드드!

오토바이 바퀴와 마찰을 일으킨 목재들이 차례대로 솟아올랐다가 내려앉는다.

현수는 다리를 건너자마자 오토바이를 멈췄다.

아무런 소리도 들리지 않는다. 하나 수많은 인원이 은신해 있음을 알기에 너희가 어떤 준비를 하고 있는지 짐작한다는 표정으로 사방을 둘러보았다.

"그럼 가볼까?"

부아아아앙一!

"투창하라! 투창하라!"

"발사! 발사!"

획, 휘획, 휘휘획, 휘획, 휘휘획!

쎄에엑! 슈아악! 쌔엥! 휘이익! 쎄엑!

창과 화살이 비 오듯 쏟아진다.

끼이익—!

달리던 오토바이를 멈추자 관성을 이기기 힘들다는 듯 휘청하더니 120°쯤 회전하곤 멈춘다.

이 순간 약 3,000개의 화살과 2,500여 개의 창이 사방에서 쇄도해 온다. 가만히 있으면 고슴도치가 될 판이다.

전면에 있던 케즈만 공작은 배리어, 또는 쉴드 마법이 구현될 것이라 예상하고 있다.

그런데 현수의 입에선 전혀 다른 말이 튀어나온다.

"아공간 오픈! 멀티 스터리지!"

시커먼 공간이 열리는가 싶더니 쇄도하던 창과 화살들을 빨아들인다.

이 순간, 뒤쪽의 누군가가 소리친다.

"투창하라! 발사하라!"

휙, 휘휙, 휘휘휙, 휘휙, 휘휘휙!

쎄에엑! 슈아악! 쌔엥! 휘이익! 쎄엑!

또다시 약 3,000개의 화살과 2,500여 개의 창이 사방에서 쇄도한다. 하나 열려 있는 아공간 안으로 속절없이 빨려들 뿐이다.

현수는 헬멧의 바이저를 슬쩍 올려 사방을 둘러보았다. 이런 공격으론 어림도 없으니 까불지 말라는 눈빛이다.

상대도 의미를 알았는지 더 이상의 발사와 투창은 없었다.

아무런 소용이 없는 일에 창과 화살을 소모시키고 싶지 않음일 것이다.

아공간을 닫은 현수는 바이저를 내리곤 스트롤을 당겼다.

부우우웅―!

오토바이가 특정 지점을 지날 때 공작의 손이 위에서 아래로 내려졌다.

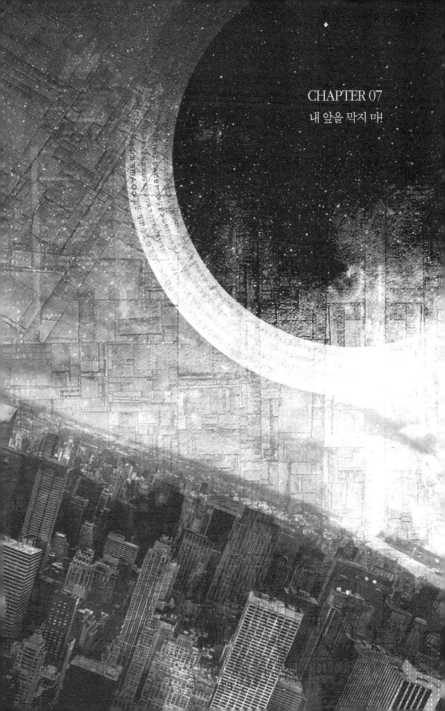

CHAPTER 07
내 앞을 막지 마!

"준비이~! 마법진 구동!"

찌잉! 찡! 찌이잉―!

여덟 방위에 은신해 있던 5서클 마법사들이 특급 마나석에 마나를 불어넣자 그 즉시 마법진이 가동된다.

현수는 순간적으로 체내의 마나가 요동침을 느꼈으나 곧바로 안정되자 사방을 쓸어보았다.

이 순간이다.

파곽! 파파파파파파파곽!

"체인 라이트닝! 파이어 애로우! 윈드 커터! 아이스 볼트!"

사방에서 온갖 공격이 쏟아지기 시작한다.

그야말로 난사이다. 모든 마법사가 계속해서 공격 마법을 구현하고 있다.

"에구, 아까운 마나!"

엄청난 양의 마나가 소모되면서 생성된 마법 공격은 현수를 꿰뚫고야 말겠다는 듯 엄청난 속도로 쇄도해 온다.

"앱솔루트 배리어!"

티팅! 티티티티팅! 티티티팅!

수많은 마법이 배리어와 충돌하면서 소멸되었다.

이 순간 전면의 케즈만 공작과 두 휘하의 마법사는 눈을 크게 뜨고 있다.

"헉! 아, 안티 매직 필드가……!"

"고, 공작님! 저 마법이 소용없다면 상대는……?"

"서, 설마 10서클?"

"공격하라."

"네! 헬 파이어! 헬 파이어!"

"라이트닝 퍼니쉬먼트!"

고오오오―! 콰와아아앙!

번쩍번쩍! 번쩍번쩍―!

콰르릉! 콰콰콰콰콰콰콰콰쾅―!

"어쭈! 이런 빌어먹을! 앱솔루트 배리어!"

현수는 전능의 팔찌에 마나를 불어넣었다. 그와 동시에 또한 겹의 앱솔루트 배리어가 쳐진다.

8서클 마법사들이 구현시킨 헬 파이어는 외부 배리어와 격돌하는 순간 힘을 잃고 물러났다.

반면 9서클 궁극 마법인 라이트닝 퍼니쉬먼트는 첫 번째 배리어를 뚫고 두 번째 것까지 도달한다.

"체인 라이트닝!"

번쩍번쩍!

콰앙! 콰아아앙!

현수의 손에서 구현된 마법이 케즈만 공작과 두 8서클 마법사에게 쇄도하자 둘은 즉시 룬어를 영창한다.

"앱솔루드 배리어! 앱솔루트 배리어! 앱솔루트 배리어!"

9서클 마스터인 케즈만 공작이 구현시킨 안티 매직 필드 범위 안에서 마법을 쓴다는 것은 상대가 9서클 마스터 이상이라는 뜻이다. 당연히 같은 마법이라도 위력이 어마어마하게 커진다.

그렇기에 경거망동하지 못하고 최선을 다해 체인 라이트닝에 대항한 것이다.

"헬 파이어! 헬 파이어! 헬 파이어!"

셋은 순차적으로 8서클 마법을 퍼부었다.

가장 먼저 도달한 것은 케즈만 공작이 시전한 것이다. 이는 외곽 배리어에 닿는 순간 위력을 잃었다.

곧이어 두 개의 헬 파이어가 현수에게 닥쳐왔다. 하나 외곽의 배리어조차 어쩌지 못하고 소멸되었다.

같은 앱솔루트 배리어라도 서클의 차이에 따라 마나 밀도가 다른 때문이다.

현수는 다짜고짜 최상위 마법을 구현시킨 둘을 노려보았다. 이건 뭐, 죽으라는 뜻이다. 웬만하면 그냥 가려고 했는데 그러고 싶은 마음이 싹 사라진다.

"그래? 그렇다면 나도! 헬 파이어!"

고오오오오—!

쿠와와아아아앙—!

"크윽! 케엑! 커헉!"

케즈만 공작을 비롯한 두 8서클 마법사는 앱솔루트 배리어로 현수의 공격에 대처했지만 부지불식간에 닥쳐오는 강력한 타격에 내장이 흔들린 듯 피를 토하며 물러선다.

현수는 싸늘한 시선으로 셋을 바라보았다.

셋 다 앞섶이 선혈로 젖어 있다.

시선을 들어보니 전의를 상실한 듯 멍한 표정으로 바라본다. 상상도 못한 결과에 넋이 나가 버린 모양이다.

"세상에! 맙소사!"

"크으으! 어떻게 이런 일이……!"

"이건… 말도 안 돼! 거수자가 어떻게 10서클을……."

셋이 멍한 표정으로 뭐라 한마디씩 중얼거릴 때 현수는 스트롤을 당기고 있다.

부우웅! 부우우우우웅—!

현수의 귀에만 들릴 정도로 작은 소리지만 오토바이는 잡고 있던 고무줄을 놓았다는 느낌이 들 정도로 빠른 속도로 튀어가고 있다.

"으헥!"

"헉!"

"으윽!"

셋은 쏜살처럼 달려오는 오토바이를 피하기 위해 재빨리 흩어졌다. 케즈만 공작과 8서클 마법사들은 방심하고 있다 볼썽사나운 모습을 보였다.

피하려다 발이 꼬이는 바람에 자빠진 것이다. 그러거나 말거나 현수의 신형은 유유히 멀어져 가고 있다.

부아아아아앙—!

"끄으웅! 어떻게 이런 일이!"

"으으, 말도 안 돼! 10서클이라니……!"

"아무도 그 경지엔 못 올랐는데…… 심지어 폐하께서도 아직도 9서클 마스터인데… 어, 어떻게 10서클이 된 거지?"

케즈만 공작을 비롯한 둘은 멍한 시선으로 멀어져 가는 현수의 뒷모습에 시선을 고정시키고 있다.

여전히 땅바닥에 주저앉은 상태이다.

이들 셋만 멍한 것이 아니다. 모든 마법사와 2,500명의 창병, 그리고 3,000명의 궁수 모두 벙찐 얼굴이다.

자신들의 안배는 미꾸라지조차 빠져나갈 수 없는 천라지망이었다. 그 모든 것으로부터 유유히 빠져나간 정체 모를 거수자가 대체 누군가 싶은 것이다.

하지만 목소리를 내어 물어볼 수는 없었다.

자신들의 영주인 케즈만 공작을 바라보니 입을 딱 벌린 채멍한 시선으로 멀어져 가는 거수자의 뒷모습에 시선을 고정시키고 있다.

하지만 그 시간은 그리 길지 못했다. 금방 이성을 되찾은 공작은 통신용 수정구로 수도 맥마흔에 연락했다.

황궁 연락담당관은 케즈만 공작으로부터 들은 이야기를 곧바로 어전에 전달했다. 마침 일곱 명의 공작이 세금 문제로 회의를 하는 중이었다.

다시 송수신이 이어졌고, 케즈만 공작은 자신이 보고 느낀 그대로를 전달했다.

"10서클이라고? 정말인가?"

도저히 믿을 수 없다는 표정으로 물은 이는 제국의 총리라할 수 있는 무크타크 공작이다.

"그렇습니다. 제가 준비한 안티 매직 필드가 조금도 영향을 끼치지 못했습니다."

"허어!"

공작들 모두 놀란 표정을 짓는다. 케즈만 공작은 신중한 성품이며 과장을 모르는 사람이다. 하여 9서클 마스터인 공작위에 올라 있지만 중앙에서의 입김은 약한 편이다.

정치를 하려면 속내를 감출 줄 알아야 하는데 그러지 못하고 늘 직설적으로 이야기하기 때문이다.

어쨌거나 케즈만이 그렇다면 그런 것이다.

"그자가 이동하는 속도로 미루어 짐작컨대 수일 내로 맥마흔에 당도할 듯합니다. 만반의 준비를 갖추지 않으면 큰 소란이 빚어질 겁니다."

"알겠네. 잠시 후 다시 연락하지. 불편하겠지만 대기하고 있으시게."

"네, 공작님."

무크타크 공작은 케즈만 공작보다 60년 먼저 공작위에 올랐다. 그렇기에 같은 공작이지만 무크타크는 반쯤 하대하고 케즈만은 깍듯하게 공대하는 것이다.

잠시 시간이 흘렀다. 그리고 통신용 수정구에서 빛이 흘러나왔다. 대기하고 있던 케즈만은 즉시 마나를 불어넣었다.

"케즈만 공작입니다."

"날세. 무크타크."

"네, 공작님."

"황제의 뜻에 따라 모든 공작에 대한 소집령이 떨어졌네. 즉시 수도로 텔레포트하게."

"네, 알겠습니다. 수행원은 어떻게 합니까?"

"8서클 두 명, 7서클 여섯 명이네."

"네, 명을 받듭니다. 즉시 수도로 향하겠습니다."

"그러게."

통신은 짧았다. 모든 공작에게 황제의 명령을 하달해야 하기 때문이다. 통신을 마친 케즈만 공작은 대기하고 있던 휘하 마법사들에게 시선을 주었다.

"8서클 두 명, 7서클 여섯 명이다. 해당자는 준비하라. 우리는 세 시간 후 출발한다."

"네, 영주님."

명령이 떨어지자 인원은 즉시 해산했다. 그리곤 분주히 움직이기 시작한다.

로렌카 제국이 건국된 이후 모든 공작이 집결한 것은 딱 네 번뿐이다.

건국 초, 황제의 300세 생신을 축하하는 동안 무려 한 달에 걸쳐 승작식이 진행되었다. 이때 모든 공작이 수도에 집결했다.

이후 매 100년마다 수도에 집결하여 황제의 탄신을 기념했다.

400세, 500세, 그리로 600세 생신을 축하했다.

따라서 건국 황제인 로렌카는 세수 629세에 이르러 있다.

두 번의 깨달음을 얻어 700년의 수명을 얻었으니 앞으로도 70년은 더 황제 자리를 지킬 것이다.

어쨌거나 모든 공작에 대한 집결령이 떨어졌다. 제국 전체에 비상령이 떨어진 것이나 다름없다.

현수는 모르지만 수도로 집결한 9서클 마법사의 숫자만 160명 정도 된다. 81명의 공작 이외에도 현업에서 물러난 은퇴 마법사들이 포함된 숫자이다.

8서클 마법사의 수효는 무려 630명이다.

158명의 후작과 각각의 공작령에 몸담고 있는 8서클 마법사들이 포함된 숫자이다.

7서클은 이보다 훨씬 많은 1,080명이나 된다.

372명의 백작과 공작 및 후작령에 속해 있는 마법사들이 포함된 숫자이다.

아르센 대륙에선 이실리프 마탑을 제외하면 일곱 개의 마탑이 있는데 주로 7서클 유저가 마탑주이다. 이 중 한 곳은 6서클 유저에 불과함에도 마탑주인 곳도 있다.

이를 기준으로 삼는다면 로렌카 제국엔 2,000~3,000개의 마탑이 있는 것이나 다름없다.

비교 자체가 어리석은 일이다.

어쨌거나 10서클 마법사의 침입은 결코 만만히 볼 상황이 아니다. 어떤 공격 마법이 있는지조차 모르기 때문이다.

세상에 알려진 10서클 마법은 리절렉션뿐이다. 죽은 자를 되살리는 부활 마법이다.

9서클 마법인 미티어 스트라이크도 무지막지한 궁극 마법이다. 수도에서 구현되면 그야말로 쑥대밭이 될 것이다.

그런데 그보다 더 강력한 마법이 있다면 어떻겠는가!

그렇기에 이렇듯 무지막지한 전력을 수도로 집결시키고 있는 것이다. 제국에선 일종의 위기로 판단한 것이다.

이런 상황임에도 현수의 오토바이는 맥마흔을 향해 질주하고 있다.

부우우우웅! 촤라라라라라락ー!

인적 없는 오솔길을 달리는 오토바이는 흙과 자갈을 뒤로 분사시키는 듯한 모습이다.

멀찌감치 나타난 몬스터가 몇이 있었으나 갈 길 바쁜 현수의 앞을 가로막지는 않았다.

현수는 누가, 언제 앞을 막아설지 모르기에 와이드 센스 마법으로 전방을 주시하며 달렸다. 그러다 몬스터가 감지되면 즉시 드래곤 피어 마법으로 전환시켰다.

강력한 존재감을 느낀 몬스터들은 그 즉시 도주하기에 바빴기 때문에 현수를 방해할 수 없었다.

그렇게 한참을 달린 끝에 당도한 곳은 절벽의 끝이다.

"끄응! 이게 뭐야? 길을 잘못 든 거야?"

도끼로 찍어낸 듯한 절벽은 아무리 적게 잡아도 최소 500m는 되어 보인다. 오토바이로는 갈 수 없다.

현수는 아공간에 오토바이를 넣었다. 그리곤 플라이 마법으로 내려가려다 멈췄다. 마음이 급해 천하의 절경을 놓치고 있음을 깨달은 것이다.

"와우! 대단하구나!"

절벽 아래엔 진초록 수림이 자리 잡고 있다.

그 사이로 각양각색의 호수가 있는데 하늘에 걸린 뭉게구름이 반사되어 그야말로 한 폭의 그림 같은 장면을 연출하고 있다.

그리 높지 않은 구릉지대를 이루고 있는 이곳은 사막으로 에워싸여 있다.

사막 저쪽엔 험준한 산들이 자리 잡고 있는데 지구로 치면 히말라야 산맥, 또는 천산산맥 정도의 높이이다.

그런데 어느 한 곳으로부터 꼬물꼬물 연기가 피어오른다. 불을 다루는 몬스터는 없으니 인기가 있다는 뜻이다. 규모가 작지 않은 호수 근처의 야트막한 산 뒤쪽이다.

'흐음, 오늘은 저기에서 잘까?'

현수는 이내 고개를 흔들었다. 마을에서 자는 것도 좋지만 이곳의 풍광이 너무도 아름답기 때문이다. 가봤자 냄새나는 침구와 방, 그리고 수많은 벌레만 있을 뿐이다.

"그래! 여기가 더 좋겠다."

현수는 절벽 가에 컨테이너를 꺼내놓고 스테이크와 새우, 그리고 맥주를 곁들인 저녁 식사를 즐겼다.

식사를 마치고 나니 사위가 어슴푸레하다. 캠핑용 의자를 꺼내놓고 앉아 지는 해를 바라보니 왠지 가슴이 먹먹하다.

하여 하모니카를 꺼내 미발표 곡들을 연주해 보았다.

그룹 다이안에게 준 지현에게와 첫 만남, 그리고 윌리엄 그로모프에게 준 In the Moonlight도 명곡이지만 미발표 곡 중에도 서정적인 선율의 곡이 많았다.

처음엔 애잔한 곡부터 연주했다.

그러다 점차 템포가 빨라지더니 나중엔 댄스곡이라 할 만큼 경쾌한 선율이 고요한 대기에 수를 놓았다.

그렇게 한 두어 시간쯤 지나고 나니 왠지 마음이 풀리는 기분이다.

세상은 넓고 할 일은 많다.

현수는 원하기만 하면 세상 무엇이든 가질 수 있는 능력과 돈이 있다. 그럼에도 답답한 마음이 들 때가 많다.

마법을 마음껏 쓸 수 없음도 있지만 사회적인 제약을 염두에 두고 있어야 하는 것들 때문이다.

연희와 이리냐가 숨겨진 여인이 되어 있어야 하는 것 등이 그러하다. 하여 내색진 않았지만 마음이 편치 않았다. 곧 태어날 아기들에게도 미안한 기분이다.

"그래, 시간이 흐르면 나아지겠지."

지구에서 진행되고 있을 자치령 개발과 아르센 대륙의 이실리프 자치령과 왕국 건설을 떠올리고 중얼거린 말이다.

침대에 누워 하늘의 별을 바라보았다. 대기가 오염되지 않았기에 더욱 반짝이는 듯하다.

"총총하네."

밤은 깊었고, 현수는 이내 고른 숨을 내쉬며 모처럼 숙면을 취했다.

*   *   *

쨱, 쨱, 쨱ㅡ!

"아함!"

모처럼의 숙면이었기에 기분 좋게 기지개를 켜고 일어나려던 현수는 움직임을 멈췄다.

뭔가 이상했기 때문이다.

"뭐지? 와이드 센스!"

고오오오오—!

마나가 뿜어지며 주변의 상황을 보고한다. 주변에 약 200여 개체가 은신한 채 숨을 죽이고 있다.

좋은 뜻으로 온 것 같지는 않다. 아침부터 드잡이를 하긴 싫었지만 어쩌겠는가!

"으음!"

나직한 침음을 낸 현수는 바깥으로 나와 컨테이너를 아공간에 담았다. 이 순간 은신해 있는 무리의 움찔거림이 느껴진다. 왜 그런지는 알 수 없다.

"뉘신지는 모르지만 다 알고 있으니 나오시오."

"……!"

아무런 반응이 없다. 다만 상대가 상당히 긴장하고 있음만 느껴질 뿐이다.

"셋을 셀 때까지 안 나오면 내게 용무가 없는 것으로 여기고 가겠소. 하나, 두울, 세에……!"

ㅅ 받침까지 발음하려는 순간 인영 하나가 불쑥 일어난다. 이를 시작으로 은신해 있던 나머지 대부분도 일어선다.

가죽으로 만든 의복을 걸쳤는데 복식이 독특했다. 마치 이누이트족[7]의 그것 같다는 느낌이다.

---

7) 이누이트(Innuit)족 : 주로 에스키모라 하는데 그린란드, 캐나다, 알래스카, 시베리아 등 북극해 연안에 주로 사는 어로, 수렵 인종.

모두 형형한 시선으로 현수를 바라본다.

"나는 요슈프라 합니다. 그쪽 이름을 물어도 되겠습니까?"

시선을 돌려보니 50대 중반으로 보이는 사내가 바라보고 있다. 보아하니 이곳에 온 자들의 대표쯤 되는 듯싶다.

그런데 진실만을 말해달라는 눈빛이다. 왠지 그렇게 느껴진다.

"반갑습니다, 요슈프. 나는… 하인스라고 합니다."

굳이 신분을 감출 이유가 없기에 한 말이다.

"하, 하인스요?"

고개를 갸웃거리는데 발음이 시원치 않다.

이곳 사람들에겐 하인스라는 이름이 생경하다는 것을 안다. 파티마로부터 들어본 바 있기 때문이다.

"정확히는 하인스 멀린 킴 드 셰울이지요."

"…그럼 로렌카 사람이 아니십니까?"

이곳 사람들의 이름과 달리 길기에 한 말이다.

"그러합니다. 나는 아르센 대륙에서 왔습니다."

"아르센이라니요? 거기가 어딥니까?"

"이곳에서 아주 먼 곳에 있는 대륙입니다. 이곳 사람들은 그곳의 존재에 대해 잘 모르더군요. 그쪽에서도 여길 모르긴 마찬가지지만요."

현수의 말에 사내들은 의아한 듯 고개를 갸웃거린다. 외지

인치고 현수의 발음과 억양이 너무도 자연스럽기 때문이다.

하지만 그걸 걸고넘어지진 않았다. 더 중요한 게 있기 때문이다.

"근데 마법사이십니까?"

현수는 모르는 일이지만 이곳에선 아공간 마법을 쓰려면 최소 7서클은 넘어야 한다. 그런데 그런 마법을 썼으니 물어본 말이다.

"…그렇습니다."

"그럼 7서클 이상이시군요."

"그도 그렇죠."

"혹시 나이가 어찌 되는지요?"

7서클에 이르면 1차적으로 바디체인지를 겪으면서 젊음을 되찾는다는 말을 들었기에 물은 말이다.

"서른입니다."

"네? 서른이라고요? 백서른이나 이백서른이 아니고요?"

몹시 놀랍다는 표정이다.

"그렇습니다. 그냥 서른이 맞습니다."

현수가 고개를 끄덕이자 감탄한 표정을 짓는다. 하지만 그 시간은 매우 짧았다.

"아까 아르… 아르… 뭐라고 했죠?"

"아르센 대륙입니다."

"아! 맞다, 아르센 대륙! 거기서 오셨다고 했는데, 혹시 신분을 증명할 만한 것이 있습니까?"

왠지 집요한 느낌이 들지만 내색하지 않고 주변을 둘러싼 사내들을 바라보았다. 모두들 긴장한 표정이다.

"그 전에 나도 하나 묻지요. 여러분은 대체 누구십니까?"

"우린… 로렌카 제국에 의해 멸망당한 화티카 왕국 사람들입니다. 놈들을 피해 이 근방에서 살고 있지요."

"화티카 왕국이요?"

현수가 반문하자 크게 고개를 끄덕인다.

"네, 330년 전에 주권을 잃은 나라입니다."

일본에 의해 강제 합병되었던 대한제국을 떠올린 현수는 다시 한 번 고개를 끄덕였다.

"그럼 로렌카 제국과는 반목하는 사인가 보죠?"

"그렇습니다. 원수들에 의해 수많은 조상님께서 목숨을 잃었습니다. 그런데 어찌 놈들에게 굴복하는 삶을 살겠습니까? 우린 '반 로렌카 전선'의 일원입니다."

사내는 입술을 지그시 깨문다. 로렌카 제국을 생각하는 것만으로도 울화통이 터지는 모양이다.

"반 로렌카 전선이라면 여러분과 같은 사람들이 또 있다는 겁니까?"

"그렇습니다. 대륙 각지에 흩어져 숨만 고르고 있는 중이지요. 간악한 마법사 놈들의 이목 때문입니다."

현수 본인이 마법사라는 걸 알면서도 간악하다는 표현을 서슴지 않는 것을 보니 원한 때문에 이가 갈리는 모양이다.

"그렇군요. 그나저나 제 신분을 증명할 만한 것을 보여달라고 하셨나요?"

"무례인 줄 알지만 그런 게 있으면 보여주십시오."

"흠! 그러지요. 어려운 일은 아닙니다."

현수는 아공간에서 지갑을 꺼내 주민등록증을 보여주었다.

정작 지구에선 거의 꺼낼 일이 없었는데 이곳에선 자주 꺼내 쓴다는 느낌이다.

"이건 제 신분증입니다."

현수가 건넨 주민등록증을 받은 사내는 가로세로 2.5㎝ 안에 정교하게 그려진 인물화를 보곤 깜짝 놀란다.

어떻게 실물과 똑같이 그렸는지 이해되지 않는 때문이다.

지구에서도 갑작스런 미술 사조의 변화가 일어난 때가 있었다. 르네상스(Renaissance, 14~16세기) 시절의 일이다.

당시 미술에 대한 서양미술 사학자들의 자부심은 대단했다. 원근법이라는 과학적 지식을 바탕으로 눈에 보이는 세계를 정확하게 재현해 냈기 때문이다.

그런데 그 위대한 작가들 거의 모두 비밀리에 광학기재를 이용했다는 사실을 아는 사람은 그리 많지 않았다.

이들은 특별한 프리즘과 거울, 또는 현미경을 이용하여 물체의 상(像)을 종이나 화판 위에 비추어주는 장치인 '카메라 루시다(Camera lucida)'를 사용했다.

캔버스 위에 물체의 상이 그대로 보이도록 한 뒤 밑그림을 그렸으니 제대로 못 그리면 바보이다. 이렇기에 갑작스레 실력이 확 늘어난 듯한 그림이 나올 수 있었던 것이다.

어쨌거나 이곳 마인트 대륙은 렌즈라는 것이 없다.

따라서 카메라 루시다 같은 광학기재를 만들 수 없으니 라파엘[8]이 그린 '발다사르 카스터글리온의 초상' 같은 그림을 그릴 수 없다.

그런데 떡하니 실사에 가까운 인물화가 그려져 있으니 어찌 놀라지 않겠는가!

"이, 이건……!"

"그건 제 용모를 그린 것이고, 그것의 재질은 드래곤의 비늘로 우리나라의 신분증입니다."

"네? 드, 드래곤의 비늘이요?"

몹시 놀라는 표정이다.

"어라? 이곳엔 드래곤이 없지 않은가요? 혹시 드래곤이 어떤 존재인지 아십니까?"

---

8) 라파엘로 산치오 다 우르비노(Raffaello Sanzio da Urbino, 1483년 4월 6일~1520년 4월 6일) : 르네상스 시대 이탈리아의 화가. 흔히 라파엘로 불린다.

"압니다. 알고말고요. 어찌 드래곤을 모르겠습니까?"

현수는 고개를 갸웃거렸다. 파티마로부터 많은 이야기를 들었고 서점에선 여러 책을 보았다.

그런데 드래곤에 관한 내용이 일절 없었기에 없는가 보다 했는데 그 존재를 안다니 괴의한 것이다.

"이 땅에도 드래곤이 있었읍지요. 드래곤은……."

잠시 요슈프의 말이 이어졌다.

CHAPTER 08
흑마법사입니까?

개체수가 많지는 않았지만 마인트 대륙에도 드래곤이 있었다. 약 70여 개체이다.

그런데 대륙이 통일되기 전 현 황제와 그 일당은 이들의 레어를 찾아가 하나하나 제거했다.

그리곤 갓 도살된 드래곤의 사체로부터 드래곤 하트를 뽑아내고 레어의 모든 것을 차지했다.

이것은 마인트 대륙이 일통하는 데 기반이 되었다.

드래곤 하트와 레어에 수집되어 있던 수많은 마법서는 마법사들의 서클을 올려주는 데 결정적인 기여를 했다.

그리고 레어에 산더미처럼 쌓여 있던 금은보화는 무조건적인 충성을 바칠 병사들을 모집하는 군자금이 되었다.

이후 이들의 행보는 그야말로 파죽지세였다. 그리고 점령지가 늘면서 병사들의 수효 또한 점차 늘어났다.

전투가 벌어질 때마다 수많은 사상자가 생겼음에도 병사의 수는 한 번도 줄어든 적이 없다.

이를 기이하게 여겨 조사를 해보곤 화들짝 놀라지 않을 수 없었다. 전장에서 목숨을 잃은 병사들 거의 모두가 구울, 또는 좀비가 되어 있었던 것이다.

아울러 무덤 속의 백골들은 스켈레톤이 되어 전투에 참가했다. 이를 어찌 감당할 수 있겠는가!

수많은 왕국과 공국, 그리고 제국들이 무너지면서 엄청나게 많은 사람이 목숨을 잃었다. 말이나 글로 형용할 수 없을 만큼 잔인한 시절이었다.

피의 수레바퀴가 지나는 동안 각국의 기사와 마법사들은 로렌카 제국의 마수를 피해 절지로 숨어들었다.

이들이 바로 바로 반 로렌카 전선의 일원인 것이다.

어쨌거나 마인트 대륙에도 드래곤이 있었고, 이곳에서도 찬탄과 두려움의 대상이었다.

무수한 영웅담이 있는데 그중엔 흉포한 레드 드래곤에 맞선 이들에 관한 것도 있다.

오래 전, 레드 드래곤 하나가 온 세상을 분탕질한 사건이 있었다. 아르센 대륙으로 치면 현수의 스승인 멀린에 의해 목숨을 잃은 광룡 사건과 유사하다.

수시로 뿜어댄 화염의 브레스에 의해 여섯 개의 도시가 잿더미가 되었고, 수많은 사상자가 발생되었다. 유희 중이던 레드 드래곤이 인간으로부터 모욕을 당했다며 벌인 일이다.

분노한 인간들은 힘을 모았다.

훗날 사가(史家)들에 의해 '붉은 전쟁'이라 명명된 이 대결을 위해 여섯 개 나라에서 영웅들이 모여들었다.

이들은 레드 드래곤의 레어로 쳐들어가 혈전을 벌였다. 상당히 많은 인원이 출전했지만 아쉽게도 모두가 산화했다.

훗날 이들의 시신을 찾으러 갔던 이들은 난장판이 되어버린 전장에서 몇 개의 붉은 비늘을 발견하였다.

레드 드래곤 또한 부상을 당해 수면기에 접어들었기에 접근이 가능했던 결과이다.

어쨌거나 발견된 비늘은 레드 드래곤의 동체에서 뽑힌 것이다. 이것은 아무런 마법도 인챈트되어 있지 않음에도 마법에 대한 저항성이 컸으며 웬만한 도검으론 흠집조차 내지 못하였다.

하여 왕실은 이를 영웅을 파견한 국가에 하나씩 기증했다.

영웅들의 희생을 애도한다는 의미이며, 연구를 해보라는

의도였다. 수면기가 끝나면 또 한 번 난장판을 벌일 텐데 이를 대비하자는 움직이었던 것이다.

어쨌거나 현수가 내민 주민등록증의 재질은 한 번도 본 적이 없는 것이다. 그렇기에 사내는 정말 드래곤의 비늘이라 생각한 듯 얼른 되돌려 준다.

모조리 도살당해 하나도 남지 않았지만 드래곤은 생각만으로도 경외감이 느껴지는 존재이기 때문이다.

그러면서도 궁금한 것을 묻는다.

"실례하지만 하인스 님은 어떤 분이신지요?"

지극히 정중한 물음과 눈빛이다. 현수는 잠시 머뭇거렸다. 하지만 그 시간은 길지 않았다.

"바다 멀리 저쪽에 이실리프 왕국이 있습니다. 나는 그곳의 국왕입니다. 또한 이실리프 마탑의 제2대 마탑주이기도 하지요."

어차피 이곳 사람들은 모를 것이기에 한 말이다.

"네에? 구, 국왕 전하이시면서 마탑주라고요?"

모두가 놀란 듯 눈을 크게 뜬다. 이때 누군가가 물었다.

"호, 혹시 백마법사이십니까?"

"……?"

무슨 의도냐는 표정을 짓자 모두가 긴장된 눈빛으로 현수를 바라본다. 어서 대답해 달라는 뜻이다.

"물음의 의도가 혹시라도 흑마법사가 아니냐는 뜻이라면 그렇다고 할 수 있습니다. 우리 이실리프 왕국과 마탑은 흑마법을 배척합니다."

"아아!"

사람들의 입에서 감탄사가 터져 나온다.

"시, 실례가 되지 않는다면 전하를 저희의 안가로 모셔도 될는지요?"

"…뭐, 그러십시다."

갈 길이 바쁘긴 하지만 영주 선발대회가 끝나기 전까지만 가면 된다. 게다가 왠지 심상치 않은 느낌을 받았다.

로렌카 제국의 마법사들이 흑마법사일 수도 있다는 생각이 든 것이다. 현수는 정복전쟁이 벌어질 때 구울과 좀비 등이 등장했음을 듣지 못했다. 그렇기에 로렌카 제국의 마법이 흑마법이라는 것을 아직 모르는 상태이다.

어쨌거나 이들은 대놓고 로렌카 제국에 반함을 고백했다. 어쩌면 지금껏 듣지 못한 고급 정보를 얻을 수 있을 듯하다.

정보란 자세하고 많을수록 좋은 법이다. 하여 이들의 안내를 받아 근거지로 향했다.

예상대로 어제 본 연기는 이들에 의한 것이었다.

이들은 접근이 쉽지 않은 절벽의 동굴 속에서 생활하는데 밤에만 연기를 피웠다. 자신들의 존재를 감추기 위함이다.

현수는 눈이 밝아서 어슴푸레함에도 연기를 볼 수 있었던 것이다.

가는 동안 들어보니 이들은 어젯밤 현수가 켜놓은 전구를 보고 로렌카 제국이 토벌을 준비하는 줄 알았다고 한다.

하여 밤새 이곳까지 걸어와 습격하려 한 것이다.

그런데 쇠로 만들어진 컨테이너 하나가 있을 뿐이고 밖에서 보기엔 크기도 그리 크지 않으므로 일단은 토벌군은 아니라고 결론 내리고 아침까지 기다렸다고 한다.

"어서 오십시오, 전하. 이렇게 모시게 되어 영광이옵니다."

절벽 안 동굴로 들어갈 수 있는 통로를 따라 들어가니 40대 중반쯤 되는 우아한 여인이 고개를 숙여 예를 취한다.

"제 아내 수아드입니다."

"아! 그렇습니까?"

잠시 요슈프에게 시선을 준 현수는 미소 띤 얼굴로 수아드를 바라보았다.

"이렇듯 환대하여 주셔서 감사합니다. 하인스 멀린 킴 드 세울이라 합니다."

아르센의 예법에 맞춰 한 손을 휘휘 내저으며 정중히 고개 숙여 예를 갖추자 수아드는 두 손으로 치마를 살짝 들어 올리며 또 한 번 예를 갖춘다.

"이쪽은 제 딸 말라크입니다."

"환영합니다, 전하. 말라크라 하옵니다."

이번에 치마를 잡고 고개를 숙인 여인은 갓 스무 살 정도로 보이는 처녀이다. 참고로 말라크(Mallakh)는 이곳 마인트 공용어로 천사라는 의미를 담고 있다.

말라크 역시 가죽으로 된 의복을 걸치고 있다.

아르센과 다를 바 없이 이곳도 세제류가 발달되어 있지 않아 냄새가 풍겼지만 내색하진 않았다.

"자, 저쪽으로 가시지요. 저희 때문에 아침도 못 드셔서 식사를 준비했습니다."

"아! 그래요? 감사한 일이군요."

현수는 기꺼운 마음으로 말라크의 뒤를 따랐다.

일부러 그러는 건지 걸음을 옮길 때마다 둔부가 육감적으로 실룩인다. 시선을 둘 데가 마땅치 않아 곁을 따르는 요슈프에게 시선을 주었다.

"난방이 잘 안 되나 봅니다."

"네?"

"동굴이라 그런지 조금 추운 듯하여 그럽니다. 양쪽이 뻥 뚫려 있어서 그런 듯하군요."

"네, 그렇다 하여 막을 수도 없습니다. 언제 놈들이 들이닥칠지 모르니 늘 준비 태세를 갖추고 있어야 하거든요."

이곳은 절벽에 자연적으로 존재한 동굴이었다.

그런데 많은 인원이 살기엔 좁았다.

하여 인공을 가미하여 확장하고 또 확장했다. 그러면서 위험이 닥쳤을 때를 대비해 도주로를 뚫어놓았다.

그렇게 하여 만들어진 것은 열일곱 개나 되는 출입구이다. 이 중 열네 개는 가짜이다.

입구를 열 수 있는 기관을 건드리면 그 주변이 폭삭 주저앉도록 만들어져 있다.

바닥엔 날카롭게 벼려놓은 창이 박혀 있다. 심지어 창의 촉에는 절독이 발라져 있다. 조금의 상처만 입어도 수초를 넘기지 못하고 목숨을 잃게 된다.

그런데 이게 끝이 아니다. 요행히 무너지는 곳을 피했다 하더라도 안전한 것은 아니다.

누군가 기관을 건드리면 그 순간부터 통로의 천장 부분에서 자욱한 독무가 쏟아진다. 불과 두 호흡 만에 사람의 목숨을 앗을 수 있는 절독이다.

마지막은 통로 전체의 붕괴이다. 죽은 시신을 가져다 구울이나 좀비를 만든다는 것을 알기에 시신조차 거둬갈 수 없도록 수십만 톤의 바위가 쏟아져 내리도록 만들었다.

세 개의 안전 통로는 겉보기엔 전혀 안전하지 않은 것처럼 조성되어 있다. 금방이라도 부러지거나 부서질 듯한 썩은 갱

목[Mine timber] 때문이다.

어쨌거나 이곳은 여러 개의 개구부가 있다.

이를 통해 공기가 순환되는 것은 좋은 일이나 온도 유지는 어렵다. 바람이 지나는 통로에 위치해 있어서 겨울이 되면 바깥보다도 더 춥다. 하여 3월 초인데도 한겨울의 복장이 그대로 유지되고 있는 것이다.

"항온마법진을 드리지요. 그럼 좀 나아질 겁니다."

"항온마법진이요?"

"네, 내부 온도가 확연히 올라갈 겁니다."

"아! 감사한 일이군요. 우리 화티카 백성들을 대표하여 사의를 표합니다."

대화를 하는 사이에 긴 식탁이 있는 곳에 당도하였다.

시종 복장을 걸친 사내들이 준비된 음식을 식탁 위에 올려놓고 있다. 슬쩍 바라보니 시든 푸성귀를 넣은 스튜와 사슴고기 스테이크이다.

"산중이라 농사를 지을 수 없습니다. 하여 이런 것밖에 없습니다. 시원치 않다 타박 마시고 들어주십시오."

"그러지요."

현수와 요슈프가 마주 앉자 수아드와 말라크 또한 착석한다. 따라온 이들은 빈자리가 많음에도 곁의 테이블에 앉는다. 보아하니 요슈프가 이곳을 이끄는 지도자인 듯하다.

"배고프실 텐데 먼저 드시지요."

"그러지요."

사양하고, 다시 권하고, 마지못해 음식을 먹기 시작하면 식은 뒤가 된다.

계속해서 바람이 불어오기 때문이다.

'흐음! 항온마법진으로 해결할 일이 아니군. 에어 커튼 같은 걸 설치하면 좋은데 그럼 연기를 뽑아낼 수 없겠지? 아이들도 있는 모양인데 어떻게 하면 좋을까?'

이런저런 생각을 하며 스테이크를 썬 뒤 입에 넣으려는데 누린내가 몹시 심하다.

이곳 사람들의 체면을 생각하면 그냥 씹어 삼켜야 하지만 그럴 수는 없다. 냄새만으로도 욕지기[9]가 오른 때문이다.

"아공간 오픈!"

아공간에서 후춧가루를 꺼내 뿌렸다.

"이걸 뿌리면 고기에서 나는 냄새가 좀 누그러들 겁니다."

"아! 그런가요?"

현수가 하는 양을 지켜보던 요슈프는 그대로 따라서 후춧가루를 뿌린다. 하지만 수아드와 말라크는 말없이 고기를 썰 뿐이다.

현수는 오늘 처음 본 외지인이다. 로렌카 제국 사람이 아니

---

9) 욕지기 : 토할 듯 메스꺼운 느낌.

라는 것을 밝혔지만 100% 신뢰할 수 없다.

간악하기 이를 데 없는 흑마법사들은 온갖 술수를 부려 기존 왕국민들을 죽였고, 착취하고 있으며, 고혈을 빨고, 부려 먹는 중이다.

현수가 로렌카 제국에서 파견한 간세라면 방금 준 것이 독일 수도 있다. 지도부가 모두 중독되어 버리면 만일의 사태가 벌어졌을 때 속수무책이다.

그렇기에 별다른 표정 없이 식사에 집중하고 있다. 하지만 이는 겉으로 보이는 모습일 뿐이다.

내심은 엄청 긴장하고 있다. 요슈프가 신호를 보내면 그 즉시 밖으로 나가려 다리를 식탁 바깥쪽으로 빼놓고 있다.

식당이라 할 수 이곳은 무기를 든 사내들이 에워싸고 있는 중이다. 여차하면 달려들어 현수를 도륙할 생각이다.

현수가 적이 보낸 첩자일 경우 바깥으로 나가면 이곳의 위치 및 내부 상황을 알려주게 된다.

당연히 막대한 피해가 발생할 것이므로 나가지 못하도록 저지하는 것이 이들의 임무이다.

"호오! 이걸 뿌리니 냄새가 확실히 잡히는군요."

요슈프가 고개를 끄덕이며 스테이크를 썹는다. 그러면서 슬쩍 수아드에게 후춧가루가 든 통을 긴넨다.

당신도 경험해 보라는 의도이다. 잠시 후 후추는 말라크를 통해 다른 사람들에게도 건네졌다.

쩝, 쩝, 쩝쩝, 쩌쩌쩝一!

우물우물! 와구와구! 후루룩! 후륵! 후루루룩!

스테이크 씹는 소리와 스튜 떠먹는 소리로 잠깐 동안 소란
스러웠다. 모처럼 식욕이 돋는 듯하다. 하긴 심한 누린내가
싹 잡혔으니 음식이 훨씬 더 맛있다 느껴질 것이다.

고요히 식사를 마친 현수는 항온마법진을 꺼내 벽에 부착
시켰다. 잠시 후 모두들 걸치고 있던 외투를 벗는다.

실내 기온은 25℃로 맞춰놨으니 덥다는 느낌이 들어서일
것이다.

요슈프는 몹시 신기하다는 표정으로 마법진을 살펴본다.

현수는 아공간의 생수를 꺼내 뜨겁게 데웠다. 그리곤 커피
를 한 잔씩 만들어주었다. 한국에서 발명된 커피믹스인지라
향도 향이지만 달달한 맛이 일품이다.

예상대로 모두들 눈을 크게 뜬다. 태어나서 이런 맛은 처음
본 때문이다.

"이건 뭔가요?"

"커피라는 것으로 우리 왕국의 특산품입니다."

"아! 그런가요? 맛이 아주 좋습니다."

"네, 그건 그렇고, 로렌카 제국에 관한 이야기를 조금 더 듣
고 싶습니다."

요슈프는 들고 있던 커피잔을 내려놓고는 시선을 맞춘다.

"로렌카 제국은 반드시 멸망되어야 할 악의 무리입니다. 국왕 전하라 하시니 군사가 많을 겁니다. 그들을 이끌고 오셔서 놈들을 소탕하시면……."

잠시 요슈프는 열변을 토했다. 그 말을 요약하면 다음과 같다.

현수가 이실리프 왕국군을 데리고 와서 로렌카 제국군과 전쟁을 벌이는 동안 반 로렌카 전선은 일제히 항거한다.

대륙 각지가 혼란에 빠지게 될 것이니 제국군은 한곳으로 병력을 집중시키기 힘들 것이다.

그렇게 하여 로렌카 제국군을 패퇴시키면 이곳에 이실리프 제국을 건설하라고 한다.

이에 현수가 늑대 쫓으려다 호랑이를 불러들이는 꼴이 될 수도 있다고 했더니 흑마법사만 아니면 된다고 한다.

그간 얼마나 당했는지 능히 짐작이 가는 반응이다.

이 과정에서 로렌카 제국의 본질을 확실하게 깨우칠 수 있었다. 여태껏 모르고 있던 각종 정보를 습득한 것이다.

가장 놀라운 것은 황제를 비롯한 모든 귀족이 흑마법사라는 것과 9서클 마스터가 100명이 넘는다는 것이다.

뭣 모르고 맥마혼까지 갔다면 당했을 수도 있기에 현수는 등골이 서늘해짐을 느끼지 않을 수 없다.

그리고 이곳은 수도로부터 멀리 떨어진 곳이라 검문검색이 느슨하지만 맥마혼으로 가까이 갈수록 점점 감시의 눈초리가 심해질 것이라는 것도 처음 알았다.

여러 개의 나라가 존재하는 것이 아니라 오로지 로렌카 제국 하나뿐이기에 신분을 위장하는 것이 쉽지 않다.

게다가 거수자를 신고하는 자에겐 분에 넘치는 포상을 하므로 반 로렌카 전선의 일원이 아니라면 헤어지는 즉시 신고할 것이라는 것도 알게 되었다.

'휴우, 파티마의 기억을 삭제한 건 정말 잘한 일이군.'

현수가 이런 생각을 하고 있을 때, 자유 영지 헤르마로 향하는 일단의 무리가 있다.

약 120명으로 구성된 이들을 황궁에선 '거수자 색출 긴급조사단'이라 칭하는데 단장은 황제가 직접 지목하여 파견한 황궁 마법연구단장 줄마 공작이다.

이들은 1차적으로 6서클 마법사 라쉬드가 관장하고 있는 포탈 마법진에 대해 조사하게 될 것이다.

다음은 헤르마의 모든 여관 및 상점에 대한 수색과 조사이다. 물론 '뿔난 양의 엉덩이'도 명단에 끼어 있다.

최근 외출자가 출현한 여관이기 때문이다.

그 결과 파티마는 오늘 밤에 줄마 공작을 만나게 된다.

그리고 그 자리에서 현수에 의해 지워진 기억 전부가 복원될 것이다. 10서클 마법사인 현수가 직접 구현시킨 메모리 일리머네이션 마법이지만 9서클 마스터쯤 되면 능히 원상 복구가 가능하다.

줄마 공작은 현수에 대한 모든 자료를 수집하게 된다.

신장, 몸무게, 체형, 얼굴형, 피부 색깔, 눈동자의 빛깔, 억양, 말투, 의복 등등 현수에 대한 거의 모든 정보이다.

뿐만이 아니다. 9서클 마법사인 멀린에게 좋게 이야기해 달라던 이즈라 케볼트가 머무는 누라하에도 공작 일행이 들이닥치는 중이다.

훔친 밀 포대에 핀 꽃 한 송이라는 괴이한 이름의 여관도 당연히 방문한다. 이 여관의 주인 겸 여급인 자하라는 하늘 같은 공작 앞에서 벌벌 떨면서 현수에 대한 이야기를 한다.

이처럼 헤르마로부터 수도에 이르는 직선 코스에 있는 거의 모든 영지에 공작들이 파견되었다.

이번에 나타난 거수자는 무려 10서클 마법사이다.

마인트 대륙의 수천 년 역사 가운데 인간은 물론이고 드래곤조차 10서클에 올랐다는 기록이 없다.

황궁에선 거수자가 인간일 것이라는 건 아예 예상에 넣고 있지 않다.

드래곤 하트를 두 개나 차지했으며 600살이 넘도록 젊음을 유지하고 있는 황제조차 10서클의 벽을 뛰어넘지 못하고 있기 때문이다.

하여 지금껏 숨죽이고 있던 드래곤의 출현으로 짐작하는 중이다.

약 330년 전에 마인트 대륙의 모든 드래곤은 도살당했다.

골드, 실버, 블랙, 레드, 그린, 화이트 등 모든 일족이 화를 입은 것이다.

이 중엔 헤츨링도 포함되어 있다.

드래곤은 다른 개체에 대해 대체적으로 초연하다. 하지만 다른 개체뿐만 아니라 다른 일족이라 할지라도 헤츨링이 화를 입으면 그 즉시 무자비하게 보복을 가한다.

새끼들을 보호하기 위한 일종의 율법이다.

330년쯤 전에 죽은 헤츨링은 모두 26개체이다. 드래곤의 후대를 이을 재목들이었다.

이들은 모조리 도살되었고, 뼈는 무기가 되었으며, 살은 황제를 비롯한 흑마법사들의 식량이 되었다.

비늘을 뽑아 갑옷을 만들었고, 발톱 또한 병장기의 일부가 되었다. 피는 젊음을 추구하는 황후와 공주들의 목욕물이 되었고, 힘줄은 발리스타의 시위가 되었다.

뽑힌 눈알 또한 요리가 되어 사라졌다. 모든 헤츨링이 이렇게 당했다는 건 공공연한 비밀이다.

따라서 무지막지한 반격이 시작될 것으로 짐작된다. 그렇기에 최고위 행정관이 급거 나선 것이다.

"기왕에 오신 것이니 한번 둘러나 보시지요."

요슈프는 자신들이 준비해 놓은 걸 보여주고 싶었다. 얼마나 조직적으로 반격을 가할 수 있는지를 보여주어야 이실리프 왕국군이 마인트 대륙에 상륙할 것이라 생각한 때문이다.

"그러지요."

현수는 요새화되어 있는 동굴 내부를 돌아보았다. 각종 병장기가 아주 잘 손질되어 있다.

"총출동하게 되면 몇 명이나 가죠?"

"이곳에 거주하는 인원은 총 21,000명쯤 됩니다. 이 중 절반 정도 되는 10,000명이 나갑니다."

"절반이나 간다면 여자들도 포함되는 겁니까?"

아이와 노인도 있을 것이기에 한 말이다.

"그렇습니다. 하지만 직접 전투에 참여하는 건 아닙니다. 전투 보조 역할이죠. 정예는 7,000명 정도 됩니다."

보아하니 15살부터 50대 중반의 사내를 모두 정예로 생각하는 듯싶다.

현수는 고개를 끄덕였다.

"반 로렌카 전선의 수효는 얼마나 됩니까?"

"저도 확실히 아는 건 아니지만 대략 200여 개 정도 됩니다. 대륙 각지에 흩어져 있지요."

"연락은 어떤 방법으로 취합니까?"

"직접 찾아갈 때도 있지만 주로 인근 영지에 심어둔 인원을 이용합니다. 저희는……."

잠시 설명이 이어졌다. 들어보니 반 로렌카 전선끼리의 연락은 점조직으로 운영되고 있었다.

유사시 꼬리 자르기를 하기 위한 조치이다.

이런 연락 방법이 있기에 때로는 연합 작전을 벌이기도 한다. 잡혀든 인원에 대한 구출 작전을 시도할 때, 혹은 학정과 수탈이 심한 영지에 대한 징계를 가할 때 등이다.

반 로렌카 전선은 대규모 집단전을 통한 영토 회복은 아예 계산에 넣지 않고 있었다. 땅을 차지해 봐야 로렌카 제국군의 반격이 뻔한 때문이다.

이런저런 이야기를 하며 복잡한 동굴 내부를 돌아보았다. 인상적인 것은 곳곳에 단체로 수련이나 훈련을 할 수 있을 너른 광장이 있다는 것이다.

제법 단단한 암반을 깎아 만들었는데 얼마나 공을 들였을지 충분히 짐작되었다.

그리고 보니 이곳 사람들은 안짱다리가 많다.

인체에 꼭 필요한 필수 비타민 가운데 비타민 D가 있다. 소나 돼지의 간, 정어리, 다랑어, 고등어, 달걀노른자 등에 많이 들어 있다. 하지만 대부분은 햇볕을 받아 합성된다.

피부 세포에 있는 7-디히드로 콜레스테롤이 햇빛 중의 자외선을 받아 형성시키는 것이다.

그런데 이곳 사람들은 하루 종일 동굴 속에 있는 경우가 많아 충분한 햇볕을 쬐지 못했다.

그 결과 어린 시절에 비타민 D 결핍증인 구루병을 많이 앓았다. 이것은 주로 4개월~2세 사이의 아기들에게서 발생하는 것으로 알려져 있는데 머리, 가슴, 팔다리뼈의 변형과 성장장애를 일으키는 질병이다.

그 결과 성인 가운데에도 안짱다리가 상당히 많았다.

그런데 비타민 D가 부족하면 구루병뿐만 아니라 유방암, 대장암, 전립선암, 골절, 고혈압, 근육 통증, 인슐린 저항성 및 당뇨병, 우울증, 골다공증과 골연화증이 걸리기 쉽다.

총제적인 신체에 문제가 발생된다는 뜻이다.

'흐음! 햇볕이 필요하단 말인데……'

요슈프의 안내를 받는 동안 동굴 입구 등을 유심히 살펴보았다. 방법이 있을 듯하다.

"여기서 잠깐만요."

대충 입구라 여기는 곳에 당도한 현수는 아공간 속의 거울을 꺼냈다. 반사 각도만 잘 맞추면 햇볕을 내부까지 끌어들일 수 있을 듯해서이다.

요슈프를 비롯한 사람들은 한 번도 보지 못한 거울을 보고 감탄을 금치 못했다. 각도를 조절하자 동굴 깊숙한 광장까지 햇볕이 공급된다. 최종적으로 둥근 거울을 꺼내 각도를 조절하자 바깥과 다름없이 환해진다.

적어도 낮엔 횃불을 사용하지 않아도 될 것이다.

요슈프 등은 현수가 확실히 마인트 대륙 사람이 아니라는 걸 인정했다. 이런 건 들어본 적도 없기 때문이다.

그리고 흑마법사들은 이처럼 남의 어려움을 헤아려 주는 존재가 아니다. 살아 있는 동안엔 온갖 수탈을 자행하고 죽으면 시신까지 거둬간다.

누군가에게 뭔가를 베푼다는 건 거의 없는 족속이니 현수가 로렌카 제국의 마법사가 아니라는 건 거의 확실하다.

"이건 실례의 질문입니다만, 전하께선 몇 서클이신지요?"

"음, 아르센 대륙에선 10서클이라 합니다. 여기선 어떨지 모르지만……."

"네, 그렇군요. 네에?"

무심코 고개를 끄덕이던 요슈프를 비롯한 수행원들의 눈이 대번에 화등잔만 해진다.

마법사의 제국 로렌카에서도 가장 높은 자의 화후가 9서클 마스터이다. 제국의 황제 역시 300년이 넘는 기간 동안에도 10서클의 벽을 넘지 못했다.

그런데 불과 서른의 나이에 그걸 뛰어넘었다고 하니 어찌 놀라지 않겠는가!

"저어… 아까 세수가 서른이라 하지 않으셨습니까?"

말투가 극공대로 바뀌었지만 현수는 개의치 않았다.

"서른 살 맞습니다."

"그런데 어떻게……?"

요슈프는 아무리 천재라 할지라도 도저히 이룰 수 없는 화후이기에 부디 설명을 부탁한다는 표정으로 바라본다.

"외부 시간으론 그렇습니다. 우리 이실리프 마탑은 시간을 멈추게 하는 결계를 치고 그 안에서 수련합니다. 나는 결계 안에서 수백 년에 걸친 수련을 했습니다."

"아! 그렇군요."

모두가 크게 고개를 끄덕인다.

"그렇다면 저희가 큰 실례를 범했습니다. 실제론 저희보다 훨씬 연장자이신데……."

요슈프의 말은 이어지지 못했다. 현수가 괘념치 말라는 뜻으로 손을 내저은 때문이다.

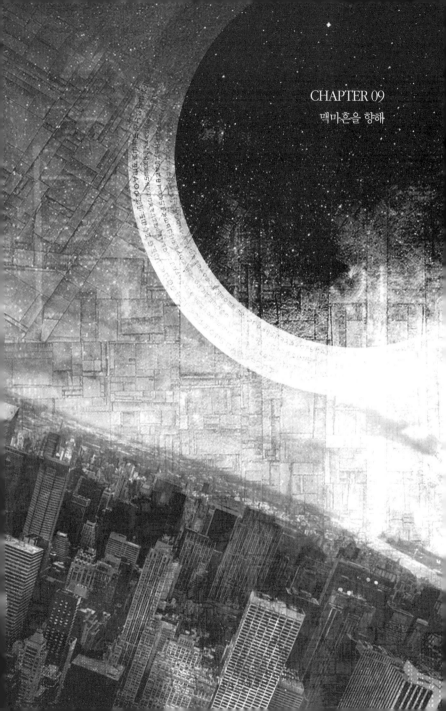

CHAPTER 09
맥마혼을 향해

"괜찮습니다. 그나저나 로렌카 제국에 관한 정보가 더 필요합니다."

"아! 물론입니다. 제가 설명드리겠습니다."

요슈프가 손짓하자 대기하고 있던 인원 모두 바깥으로 물러간다. 현수가 적이 아님을 이제야 인정한 것이다.

현수는 요슈프의 입을 통해 상당히 많은 이야기를 들었다.

동굴 전체를 둘러보면서 얻은 정보이다.

모든 이야기를 듣고 현수는 이들에게 도움의 손길을 베풀기로 마음을 먹었다. 330년 전에 나라를 잃었지만 아직도 독림을 꿈꾸는 이들이라 돕고 싶은 마음이 인 때문이다.

하여 항온마법진을 충분히 만들어 주었다.

율인전자 최지원 사장에게 주문한 물건들을 아직 받지 못했기에 정교한 온도 조절은 불가능하다.

다만 여름엔 서늘하여 살 만하다고 하니 켜고 끄는 기능만 있는 마법진을 만들어 주었다.

마법진이 가동되자 다소 서늘하던 실내 기온이 확연하게 올라간다. 25℃로 세팅해 놓았으니 살 만할 것이다.

그러고 보니 약간 이상하다.

아르센 대륙은 이제 막 봄이 되려 하지만 이곳 마인트 대륙은 아직 여름이다. 지구의 북반부와 남반부의 계절이 반대인 것과 같은 맥락이다.

그런데 지금 이곳은 서늘함이 절로 느껴질 정도로 춥다.

동굴 바깥이 그렇고, 내부는 훨씬 더 춥다. 싸늘한 바람 때문에 체감온도가 떨어진 때문일 것이다.

문득 경상남도에 있는 '밀양 얼음골'이 떠올랐다.

천연기념물로 지정된 이곳은 더위가 심할수록 바위 틈새에 얼음이 더 많이 얼고, 겨울에는 반팔을 입을 정도로 더운 김이 나 '밀양의 신비'로 불린다.

왜 이런 현상이 빚어지는지 물어보려다 말았다. 과학적인 설명을 하지 못할 것이 뻔한 때문이다.

현수는 괴이함을 느꼈지만 굳이 규명하려 하지 않았다. 지금은 그럴 만한 시간적 여유가 없었다.

어쨌거나 항온마법진이 가동되자 실내 기온이 올랐고, 사람들은 입고 있던 가죽옷을 벗었다. 앞으로는 거추장스럽고 무거운 의복을 걸치지 않아도 된다면서 다들 즐거워했다.

이러는 사이에 시간이 흘렀다.

저녁때가 되자 식당으로 안내되었다. 현수는 잘 차려진 식탁을 보았지만 마음이 편치 않았다.

메인은 말린 고기를 희멀건 국물에 불린 음식이고, 채소랑 곡물로 만든 것은 양이 확연히 적었다.

어찌 그냥 지나치겠는가!

아공간에 있는 밀가루 등을 꺼내 주었다.

백두그룹 계열사를 털 때 라면공장이 포함되어 있었다. 그곳엔 완제품인 라면뿐만 아니라 밀가루도 많았다.

아울러 스프의 원료가 되는 돼지뼈와 소뼈 또한 많았다. 이 밖에 양파와 파, 마늘, 고춧가루 등도 상당량 있었다.

현수가 꺼내놓은 것은 20㎏짜리 밀가루 5,000포대이다. 2만 명이 넘는 사람이 사는 곳이기에 금방 소비될 양이지만 없는 것보다는 훨씬 나을 것이다.

이 밖에 양파와 소뼈와 돼지뼈, 파와 마늘, 그리고 양파와 후추 분말도 듬뿍 꺼내놓았다. 상할 우려가 있기에 이것들을 보존할 곳엔 보존마법진이 부착되었다.

요슈프와 수아드는 대놓고 고맙다며 환히 웃었다.

신선한 채소를 본 지 너무도 오래된 때문이고, 최상급 밀가루는 얻기조차 힘든 귀물인 때문이다.

만남을 축하하는 의미로 술을 곁들였다. 적어도 40도는 됨직한 독주였지만 잘들 마신다. 추위를 이겨내기 위한 방편으로 매일 밤마다 한 잔씩 들이켠다고 한다.

현수는 알코올 중독의 폐해와 술로 인한 간 기능이 저하되었을 때 발병될 수 있는 각종 질병을 알기에 앞으로는 자제하는 것이 좋을 것이라 충고해 줬다.

어찌 되었든 화기애애한 식사 시간을 보낸 후 침실을 배정받았다. 돌을 깎아 조성한 방은 10평 정도 되는 크기이다.

창문은 없고, 드나들 출입구만 있는데 거칠게 짜진 천이 드리워져 문 역할을 하는 방이다.

안에 들어가 보니 지푸라기를 깔고 천을 덧씌운 침대가 있다. 마직 이불은 너무도 투박하고 거칠었다. 이곳 사람들의 삶이 얼마나 피폐한지 한눈에 알 수 있었다.

어쨌거나 냄새나고, 푹신하지도 않은 잠자리이다.

먼저 워싱과 클린 마법으로 깨끗이 한 후 이베이퍼레이션 마법으로 건조시켰다.

그래도 냄새가 나기에 페브리즈를 사용했다. 그리곤 아공간 속의 이부자리 한 채를 꺼내 세팅했다.

이곳에 머문 기념으로 주고 갈 요량이다.

밤이 깊어지자 여기저기에서 코고는 소리가 들린다.

여느 때와 마찬가지로 다들 독한 술 몇 잔씩을 마시고 잠든 탓이다. 현수는 마땅히 해야 할 일이 없었기에 팔을 베고 누웠다. 그런데 걱정이 태산이다.

9서클 마스터가 100명이 넘을 것이라는 요슈프의 말이 마음에 걸려서이다.

30명과의 심상 대결에서도 번번이 열세였는데 100명이 넘는다면 도저히 감당할 수 없는 벽이다.

'하긴……'

마법의 조종이며 중간계의 조율자, 그리고 위대한 존재라 일컬어지던 드래곤들이 사냥당했다.

드래곤 하트는 뽑혔고, 피와 살은 영양분으로 전락했다.

덕분에 흑마법사들의 전력이 가일층 강해졌으니 더욱 당해내기 쉽지 않을 것이다.

문득 라수스 협곡의 드래고니안들을 떠올렸다.

현수가 방문한 곳 중 가장 강력한 무력을 가진 집단이다. 어쩌면 카이엔 제국이나 라이서 제국보다도 강할 수 있다.

그런데 마법사의 전력은 이곳에 비할 수 없을 정도로 약하니 데려와 봐야 큰 힘을 못 쓴다.

최고가 7서클인 때문이다.

31명의 소드 마스터도 마찬가지이다.

마법사는 거리를 떼고 대결에 임하기 때문이다. 게다가 소드 마스터는 7서클 마법사 정도의 무력이다.

9서클 마스터들이 즐비하니 그들 역시 데리고 와봐야 소용없다.

"끄응!"

현수는 나직한 침음을 내고 생각을 바꿔봤다.

라이세뮤리안과 대결하기 위해 동원한 화기들을 떠올린 것이다. 체이탁 대물 저격총을 사용하면 몇몇은 죽음에 이르게 할 수 있을 것이다.

9서클 마법사들도 어쩔 수 없는 원거리 저격인 때문이다.

상대가 방심할 땐 저격이 가능하지만 조심하기 시작하면 별다른 효과를 내지 못할 것이다. 인비저빌러티 마법이나 앱솔루프 배리어 마법이 있기 때문이다.

상대가 모여 있다면 한 발 한 발 발사하는 체이탁보다는 K─6 중기관총이 더 큰 타격을 입힐 수 있다. 라이세뮤리안을 공격하기 위해 개조해 놓은 것이 있기 때문이다.

원래는 유효 사거리 1,830m, 최대 사거리 6,765m였으나 총알마다 마법진을 새겨 넣어 유효 사거리 3,683m, 최대 사거리 12,865m로 늘려놓았다.

분당 450～600발이 발사되고, 총알이 날아가는 속도는 930㎧ 정도이다.

환산하면 3,348㎞/h이니 아무리 기감이 좋은 마법사라 할지라도 쉽게 피할 수 없을 것이다.

이걸로도 안 된다면 러시아의 자랑인 공격헬기 KA—52 Alligator Hokum B에 장착되는 AT—16 미사일을 사용할 수도 있다.

사거리는 6～9㎞이고, 속력은 2,000～2,175㎞/h이니 마법사들이 모여 있다면 상당한 타격을 줄 수 있을 것이다.

이것들의 공통점은 과학기술이 발달된 지구에서 개발된 병기라는 것과 마나와 관련이 없다는 것이다. 따라서 로렌카 제국의 흑마법사들은 상당한 타격을 입고 나서야 누군가에 의해 공격을 받았다는 것을 자각할 수 있을 것이다.

문제는 AT—16을 발사시킬 런처가 없다는 것이다. 구해야지 하는 마음만 품고 적극적으로 움직이지 않은 결과이다.

모스크바의 밤을 지배하는 알렉세이 이바노비치에게 부탁해야 하나, 아니면 노보로시스크의 지르코프를 찾아야 할지 생각해 보았다.

이런저런 생각을 하고 있는데 문 역할을 하는 천이 살그머니 들린다.

누군가 싶어 바라보니 말라크가 쟁반을 들고 서 있다. 쟁반에는 술과 안주인 듯한 것이 놓여 있다.

"누구? 아, 말라크 양이 이 시간에 여긴 웬일로······?"

"출출하실까 싶어 주안상을 봐왔어요."

"출출해요?"

"네, 저녁 식사를 조금밖에 안 하셨잖아요."

말라크의 말은 사실이다.

현수는 저녁 식사를 조금밖에 안 했다.

무심코 들은 이야기가 있어서이다. 이들의 거주지를 둘러 보던 중 잠시 쉬는 시간이 있었다.

한참을 걸었는지라 모두들 벽에 등을 대고 휴식을 취하면서 물을 마셨다. 이때 벽 뒤쪽에 있던 어떤 모녀의 대화가 들려왔다.

"엄마, 나 지금 배 많이 고픈데 뭐 먹을 거 없어요?"

"아말, 벌써 배가 고파? 근데 조금 더 참으렴. 아직 저녁 먹으려면 더 있어야 하잖니."

"히잉! 그래도··· 나 배고프단 말이에요. 배가 너무 고파서 뱃가죽이 등에 붙을 거 같아요."

"그래도 할 수 없구나. 그런데 어쩌니. 오늘은 귀한 손님이 오셔서 어쩌면 배급량이 줄 수도 있다는구나."

"손님 때문에요?"

"그래, 그렇다는 말이 있어. 오늘 너무 많은 음식을 소모해서 양을 줄여야 한대. 그러니 물이라도 마시렴."

"쳇! 물 싫은데. 너무 차갑잖아요."

"그래도 아말……."

이곳은 현재 겨울처럼 춥다. 당연히 농산물은 있을 수 없다. 하여 있는 양식을 배급제로 나눈 모양이다.

그런데 오늘 현수가 당도함에 따라 평상시보다 적어도 열 배는 많은 재료를 사용했다. 잔치 분위기를 낸 때문이다.

그 결과가 당분간 배급량을 줄인다는 공고였던 모양이다.

이런 상황에서 어찌 저녁을 걸게 먹을 수 있겠는가!

하여 입 짧은 요조숙녀처럼 적은 양만 먹고 대부분 남겼다. 마음에 걸려서이다.

그리고도 마음에 걸려 밀가루 등을 준 것이다.

아무튼 저녁 식사 때 말라크는 현수를 눈여겨보았다.

비슷한 나이 또래인데 한 나라의 국왕이며 마탑주라는 말이 여심을 자극한 것이다.

그런데 현수가 얼마 먹지도 않았는데 식사를 마쳤다.

당연히 부족할 것이라 생각하여 약간의 음식과 술을 준비해 온 것이다.

"아! 그건… 그래요. 조금 부족했네요."

"호호! 그렇죠?"

환히 웃는 말라크는 희고 고른 치열을 가졌다. 건강하다는 뜻이다. 그리고 보니 아까와 다른 의복을 걸치고 있다.

아까는 몸에 착 달라붙는 가죽 의복을 입고 있어 조금 둔해 보였다. 그런데 지금은 풍성한 마직 의류이다.

이곳은 최소한의 소비 규모에도 이르지 못해 거의 모든 생활용품을 자급자족한다고 했다. 로렌카 제국의 영지로 가면 원하는 물건을 구할 수는 있겠지만 거수자로 잡힐 확률이 높기에 아예 얼씬도 하지 않는다.

하여 자신에게 필요한 것은 자신이 직접 만들거나 물물교환을 통해 얻는다고 한다.

말라크가 걸친 의복은 포대자루에 구멍 몇 개를 뚫은 것이나 다름없다. 패션이 사치인 곳이니 이런 모양이 이해된다.

문제는 고무줄 같은 것이 없기에 상당히 늘어져 몸을 숙일 때마다 탐스러운 가슴이 절반 넘게 보인다는 것이다.

브래지어가 없으니 당연한 일이다.

현수는 시선 둘 곳이 없다. 다 큰 처녀의 가슴이 계속해서 눈에 뜨이니 왠지 실례를 범한 느낌이 든다.

의도적으로 그러는지 아님 존경의 뜻을 표하려 그러는지 말라크가 자주 고개를 숙인 때문이다.

한국처럼 손으로 가슴 부위를 지그시 누른 채 고개를 숙이면 되건만 그런 건 모르나 보다.

"이거 여기에 놓으면 되죠?"

식탁 비슷한 탁자에 술과 안주를 내려놓은 말라크는 나갈 생각이 없는지 털썩 주저앉는다.

"전하, 어서 여기 앉으셔요. 아버지께서 말씀하셨는데 지체 높으신 분은 자기 손으로 따라 마시는 게 아니래요."

"……?"

현수는 말라크의 시선을 피했다. 왠지 그래야 한다는 생각이 든다. 이때 말라크가 뭔가를 발견한 모양이다.

"어라, 근데 그건 뭐인가요?"

말라크가 눈여겨보고 있는 것은 현수가 꺼내놓은 침구이다. 장미 문양이 그려진 극세사 이불과 요다.

베개는 50×70㎝짜리로 요, 이불, 베개 세트이다. 옥션에서 세일가 1,483,280원에 팔리는 것이다.

기왕 꺼내는 것이니 부러 비싼 것을 꺼냈다. 당연히 마인트 대륙엔 없는 물건이다.

말라크의 눈에는 생전 처음 보는 귀한 물건이다. 한눈에 보기에도 범상치 않았던 것이다.

"전하, 소녀가 이거 한번 만져 봐도 되나요?"

"…그, 그래."

"고마워요. 어머, 어머! 이거, 이거 뭐로 만든 거예요? 엄청

보드라워요. 이거 진짜 따뜻할 거 같아요."

말라크는 요와 이불을 쓰다듬으며 연신 감탄사를 터뜨린다. 생전 처음 느껴보는 촉감이기 때문이다.

"……!"

현수는 아무런 대꾸도 하지 않았다. 지구라는 행성에서 가져온 것이라 말해도 믿지 않을 것이기 때문이다.

"어머, 어머! 이거 너무 부드러워요. 세상에, 이건 어디서 만든 물건이래요? 나도 이런 거 하나 있으면 좋겠다."

말라크는 몹시 부럽다는 감정을 감추지 않았다.

갑작스레 분위기가 요상해지자 현수는 아공간의 술안주를 꺼냈다.

"난 한잔할 건데 말라크는 안 나가나?"

"네? 저, 저요? 제가 꼭 나가야 하나요? 그냥 여기 조금 더 있으면 안 돼요?"

목마른 사슴처럼 바라보기에 현수는 단호하게 대할 수 없었다. 보드라운 이불을 더 만져보고 싶다는 표정이다.

"그, 그럼 조금 더 있던지."

쪼르르륵─!

현수가 술을 따르자 말라크가 화들짝 놀라며 일어선다.

"어머! 제가 따라드려야 하는데 왜 그러셨어요."

후다닥 달려온 말라크는 현수의 손에서 술병을 빼앗아 나머지 잔을 채운다.

그러다 마카다미아[10]를 보고 얼른 집어 든다.

안주라고 가져온 것이 시원치 않아 아공간에서 꺼낸 것이다.

"근데 이건 뭐예요?"

"내 고향에선 술 마실 때 안주로 먹지."

"저 이거 하나 먹어봐도 돼요?"

"그럼. 이것과 이것도 먹어도 돼."

현수가 가리킨 것은 육포와 대구포이다. 제법 두툼해서 두어 개만 먹어도 한 끼 식사로 족한 최고급품이다.

"어머! 이건 뭐예요? 근데 정말 먹어도 돼요?"

"그럼! 술도 한잔할래? 이거 말고 조금 더 순한 걸로."

"정말요? 좋아요. 저도 한 잔 주세요. 아까부터 한잔하고 싶었거든요."

이 말은 사실이다. 말라크 역시 이곳 사람이다. 밤이 되면 몹시 춥기에 매일 술 몇 잔을 들이켰다.

그런데 오늘은 귀빈이 와서 그럴 틈이 없었다. 부모인 요슈프와 수아드가 바싹 신경 쓰고 있어 깜박 잊은 것이다.

현수는 아공간에서 캔 맥주를 꺼내 한 잔 따라줬다.

돌돌돌돌돌—!

흰 거품이 올라오자 신기한 듯 바라본다. 태어난 이래 이곳

---

10) 마카다미아(Macadamia) : 프로테아과의 낙엽 교목으로 호주가 원산지이며 열매 속의 견과류 씨앗.

에서만 생활했기에 맥주를 본 적 없다.

"이거 정말 마셔도 되는 거죠? 저, 그럼 마셔요?"

"응, 마셔."

말 떨어지기 무섭게 잔을 비운다.

꿀꺽, 꿀꺽, 꿀꺽―!

"캬아~! 시원하네요."

생전 처음 맛보는 맥주는 정말 시원했을 것이다. 냉장 보관
된 것이니 당연한 일이다.

"안주도 먹어봐."

"네, 먹을게요."

말라크는 순순히 대구포를 집어 한입 베어 문다. 짭조름한
맛이다. 이곳 사람들에게 있어 소금은 황금보다 귀한 것이다.
바다에서 너무 멀리 떨어져 있기 때문이다.

확실하게 짭조름한 맛을 느낀 말라크는 눈을 크게 뜬다.

"어머! 이건… 우와! 정말 맛있어요!"

이때 현수가 슬쩍 물었다.

"근데 진짜 술과 안주를 주려고 온 거야?"

"아뇨. 오늘 밤 전하의 씨를 받으려구요."

화들짝 놀란 현수는 얼른 물러앉았다.

뭔가 속셈이 있어 온 것이라 생각하여 은근히 물어본 건데
적나라하게 털어놓자 오히려 당황한 것이다.

"뭐라고?"

"저 아직 처녀예요. 오늘 밤 제게 씨를 뿌려주세요."

말라크는 말을 돌려서 말하는 법을 모르는지 원색적인 이야기를 해서 현수를 당황시킨다.

"헐!"

글자 그대도 '헐!'이다. 현수는 넋이라도 나간 듯한 표정으로 말라크를 바라보았다. 이제 겨우 스물쯤 된 아가씨가 정절 따윈 아무런 상관도 없다는 듯 빤히 바라본다.

"아! 여기 풍습을 잘 모르서서 그러는 거죠? 외부에서 손님이 오면 집 주인은 아내나 딸과 동침하도록 해요. 손님에 대한 가장 큰 예절이죠."

"뭐라고……?!"

"그게 우리 풍습이에요. 우린……."

330년 전에 멸망한 화티카 왕국엔 사람들이 깜짝 놀랄 풍습 두 가지가 있었다.

첫째는 귀한 손님이 올 경우 아내, 또는 딸과 동침하게 해주는 것이다. 주인의 입장에선 대단한 호의이다.

이는 계속된 근친 교배를 피해 새로운 유전 형질을 얻으려는 본능적인 풍습이다.

그런데 집주인의 호의를 거절하면 모욕당했다 여겨 손님을 살해하는 경우도 있었다. 손님을 살해할 수 없는 경우엔 하룻밤을 같이하기로 한 여인이 자결해야 한다.

손님으로 하여금 동침을 거절치 못하게 하려는 의도로 만들어진 율법이다.

둘째는 첫아이가 딸이면 반드시 목숨을 끊는다는 것이다.

노부모는 맏아들에게 생계를 의탁하는 풍습이 있다.

그런데 부양해 줄 아들이 없으면 노년기의 생계가 어렵기에 반드시 아들이 있어야 했다. 하여 첫아이가 딸일 경우 탯줄을 끊자마자 바깥으로 데리고 나가 묻어버렸다.

참고로 이 풍습은 에스키모의 그것과 기가 막힐 정도로 유사하다. 참으로 기묘한 일이다.

"아버지와 어머니께서 말씀하셨어요. 제가 전하와 어울릴 만한 나이이니 가서 씨를 받아오라고요."

말라크는 부끄럽다는 듯 고개를 숙인다. 그래도 아직 처녀 지신인 때문이다.

"흠, 흠!"

현수는 헛기침을 했다. 너무 원색적이라 뭐라 대꾸해야 할지 참으로 난감하다.

말라크와의 동침은 불가한 일이다.

그런데 그러지 않으면 모욕당했다 생각한다는데 뭐라 말하겠는가! 하여 잠시 침묵을 지켰다.

한편, 말라크는 처분만 기다린다는 듯 긴장된 표정으로 슬쩍슬쩍 눈치를 살핀다.

"호, 혹시 제가 마음에 안 드셔서……."

"아, 아니, 그런 게 아니라… 말라크, 내가 이실리프 왕국의 국왕이라는 말은 들어보았지?"

"네, 전하이시면서 마탑주이기도 하다 들었어요."

"우리 왕국의 풍습은 사내와 여인이 한 몸이 되려면 반드시 혼인의 예를 갖춰야 해."

"……!"

말라크는 뭐라 알아들었는지 몰라도 심히 부끄럽다는 듯 고개를 숙인다. 두 볼은 붉게 달아올랐고 귀밑머리며 목덜미의 솜털은 바르르 떨리고 있다.

결혼이라는 말만 들어도 부끄러운 나이인 때문이다.

"그리고 한 사내는 다섯 이상의 아내를 거느릴 수 없어."

"……!"

말라크는 그게 정말이냐는 듯 눈을 크게 뜬다. 이곳 사람들은 일부일처제를 유지하고 있다.

지금은 로렌카 제국의 눈길을 피해 숨어사는 형편이다.

그런데 한 사내가 힘이 세다 하여, 혹은 권력을 쥐고 있다 하여 여러 여인을 거느리게 되면 자연스레 짝이 부족해진다.

이에 불만을 품게 되면 어떤 일이 벌어질지 알 수 없다.

최악의 경우는 욕구불만에 처한 자의 밀고가 로렌카 제국의 병사들을 불러들이는 일이다.

병력 수 등에서 비교가 되지 않기 때문에 토벌당하면 다시 한 번 멸망을 겪을 수 있다.

하여 모두가 공평하게 일부일처제가 유지되는 중이다. 그런데 아내가 다섯이라 하니 놀란 것이다.

"나는 결혼을 약속한 여인이 이미 다섯이나 있어. 하여 말라크를 품을 수 없어."

현수는 더 이상 대화할 여지가 없다는 표정을 지어 보였다. 말라크는 다소 당황한 듯하다.

"…소, 소녀는 국왕 전하의 아내가 되겠다는 게 아니에요. 그저 하, 하룻밤의 승은을 입겠다는 건데 정녕 거절하시는 건가요?"

말라크의 눈빛이 결연하게 바뀌어 있다.

이런 모욕을 당하면 손님을 죽이거나 본인이 자결해야 하기 때문이다. 이것이 이곳의 율법이다.

지금은 술잔을 사이에 두고 있지만 이제 둘 중 하나는 목숨을 잃어야 하는 상황이니 이런 눈빛이 될 수밖에 없다.

말라크는 멸망당한 화티카 왕국 후작가의 직계 후손이다.

그리고 이곳의 율법은 귀한 손님이 왔다 하여 무조건 아내나 딸을 내어주는 것이 아니다.

예를 들어, 어떤 공작가에 손님이 들었다.

그런데 그 손님의 신분이 하찮은 평민이라면 하룻밤 품으라고 공작부인이나 공녀를 내어주겠는가?

손님 수가 많아지면 공작부인, 또는 공녀는 고귀함을 잃게 된다. 저잣거리의 창녀나 다름없기 때문이다.

아무리 오랜 세월이 흘렀어도 신분이라는 것이 있다.

따라서 요슈프는 손님의 신분 또한 후작가와 대등하거나 그 이상일 경우에만 아내인 수아드, 또는 사랑하는 딸 말라크로 하여금 하룻밤 동침을 지시한다.

참고로 후작 이상의 신분을 가진 자가 이곳을 방문한 경우는 지금껏 단 한 번도 없었다.

현수는 본인이 국왕이자 마탑주임을 밝혔다. 그렇기에 기쁜 마음으로 사랑하는 딸을 들여보냈다.

귀한 씨앗을 받아 후작가의 동량으로 쓰기 위함이다.

그런데 거절당했다.

현수는 10서클 마스터이다. 이곳 사람들 전부가 달려들어도 어쩌지 못할 절대자이다.

따라서 현수는 건드릴 수 없는 존재이다. 이제 남은 것은 말라크가 가문의 명예를 위해 자진해야 하는 상황이다.

"저, 정말 안 되는 건가요?"

"나는 우리 왕국의 국왕이야. 내 스스로 왕국법을 어기는 건 조금 문제가 있지 않을까?"

슬쩍 상대의 동의를 구하는 모양새를 갖추었다. 스스로 물러나 주길 바란 것이다. 물론 현수는 거절당한 여인이 스스로 목숨을 끊어야 한다는 것을 모르기에 한 말이다.

포카혼타스나 라푼젤 같은 느낌의 말라크는 애원 섞인 처연한 눈빛으로 현수를 바라본다.

"그래도… 정말 안 되는 거예요?"

"난 솔선수범하여 국법을 지켜야 하는 존재야. 그러니 이만 물러가 주면 좋겠어. 괜히 여기에 있다 청백만 의심받을 수도 있으니까."

과년한 처녀가 혈기왕성한 사내와 한 방에 오래 머문다는 것이 다른 사람들의 눈에 어떻게 비춰지는지를 알기에 한 말이다.

그런데 현수는 말라크의 눈빛이 마음에 걸렸다.

용기를 내어 하룻밤 시중들어 주겠다고 왔는데 거절당했으니 자존심이 상했을 것이라 생각했다.

'이럴 땐 기분 전환이 최고지.'

슬쩍 고개를 끄덕인 현수는 아공간에서 옷을 꺼냈다. 백두 마트에서 팔던 것들이다.

"말라크, 옷이 조금 낡은 거 같은데 내가 이걸 선물해도 될까?"

"네?"

일렁이는 시커먼 구멍에서 튀어나온 것은 일종의 드레스

이다. 일부러 포카혼타스나 라푼젤 분위기가 나는 걸 꺼낸 것이다.

"이 옷, 말라크에게 어울리는 거 같은데 한번 입어볼래?"

"저, 정말요?"

어느새 눈빛이 바뀌어 있다. 아주 반짝거린다.

"그래, 잠깐만."

현수는 아공간에서 파티션을 꺼내 옷을 갈아입을 공간을 만들어줬다. 그리곤 여러 가지 옷을 꺼냈다.

눈짐작으로 말라크의 사이즈를 재봤는데 66사이즈 정도 되는 듯하여 그 크기로 꺼냈다.

참고로 한국에서 판매되는 여성복의 사이즈는 44, 55, 66 등으로 구분된다.

이는 1979년에 실시된 국민체형조사 결과 때문이다.

당시 20~24세 여성들의 치수를 재어봤더니 평균 신장은 155.5㎝였고, 가슴둘레는 85.6㎝였다.

이것들의 소수점 아래의 숫자를 빼고 끝자리 숫자만 조합 것이 55사이즈이다.

다시 말해 당시 평균 여성의 사이즈가 55이다.

그리고 이보다 키 5㎝, 가슴둘레 3㎝가 크면 66사이즈이고 작으면 44사이즈라 칭한다.

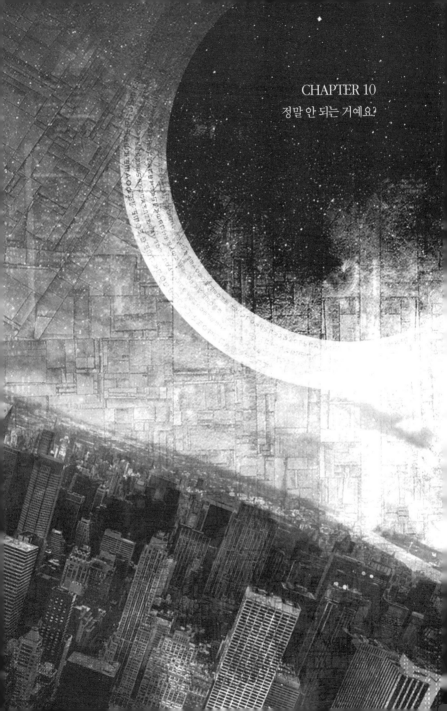

CHAPTER 10
정말 안 되는 거예요?

말라크의 신장은 163㎝ 정도 되지만 영양 공급이 원활하지 못해 약간 마른 체형이다.

그렇기에 66사이즈를 꺼낸 것이다.

예상대로 이곳 사람들은 속옷을 입지 않는다. 하여 팬티와 스포츠 브라도 꺼냈다.

그리곤 어떻게 입는지를 가르쳐 주었다.

오래전 카이로시아에게 브래지어 착용법을 가르쳐 준 경험이 있기에 남세스럽지 않은 분위기다.

다음은 위에 입을 옷들이다. 어깨에 뽕이 들어간 원피스 위주로 골라주었더니 아주 잘 어울린다.

"어머! 이 옷 정말 좋아요!"

말라크는 보드랍고 색상이 선명한 옷을 입어보곤 한 바퀴 휘돌아본다. 그 순간 악취가 느껴진다.

'윽! 냄새!'

비누도 없고, 샴푸도 없으며, 비데와 생리대 등이 없는 곳이다. 뿐만 아니라 이곳은 물이 귀하다.

암반을 깎아 조성한 공간이기 때문이다. 하여 마실 물은 절벽 아래에 위치한 호수로 흘러드는 개울에서 떠온다.

씻는 것은 당연히 호수를 이용한다.

그런데 이곳의 현재 기온은 1∼2℃밖에 안 된다. 목욕을 하거나 머리를 감기엔 너무나 쌀쌀한 날씨이다.

말라크는 이곳에 오기 전 뒷물이라는 것을 했다. 하지만 충분치 못했다. 게다가 목욕을 한 지 오래되었다.

머리를 감지 않은 게 석 달쯤 되었으니 몸에서 냄새가 나는 건 당연한 일이다.

"말라크, 잠깐만!"

"네?"

"잠깐만 그냥 있어 보라고."

"네에."

왜 그러느냐는 표정을 지었지만 현수의 말대로 움직임을

멈춘 채 빤히 바라본다.

현수는 아공간에서 항온마법진을 꺼냈다. 온도는 30℃ 정도로 세팅했다.

마법진을 가동시키자 실내 기온이 확연히 올라간다.

"거기 가만히 서 있어."

"네."

"워싱! 클린! 워싱! 클린!"

"으읏! 차가워요."

말라크는 갑자기 차가운 물이 온몸을 휘감자 바르르 떤다.

하지만 금방 상쾌함이 느껴지자 찌푸린 얼굴을 편다. 그러면서도 자신을 왜 씻기느냐는 표정으로 현수를 바라본다.

"이건 세안을 하거나 목욕을 할 때 쓰는 거야."

현수는 비누와 수건을 꺼내 사용법을 알려주었다. 아울러 하이타이 같은 중성세제도 꺼내 주었다.

제법 넓은 방이지만 금방 채워졌다.

"이건 말라크에게 주는 선물이야. 우리 왕국의 법 때문에 안아주지 못하는 건 미안해. 어쩔 수 없는 일이니 마음에 안 두었으면 좋겠어."

"…네, 전하. 소녀, 목숨을 끊지는 않겠어요."

"목숨을 끊지는 않다니, 그게 무슨 말이야?"

"그건……."

말라크가 이곳의 율법에 대해 이야기해 주었다.

현수는 헥사곤에서도 율법 때문에 곤란을 겪었는데 이곳마저 그렇다 하니 고개를 흔들었다.

이곳 사람들의 심리 상태가 지구인과 다르다는 것은 알지만 너무나 고루하고 괴팍하다 생각한 때문이다.

현수는 말라크를 보내 요슈프와 수아드를 불러왔다.

둘에게 이실리프 왕국법 때문에 씨를 뿌려줄 수 없음을 설명하여 양해를 구했다.

국왕은 오로지 다섯 명의 처만 거느려야 하며 국왕의 씨를 받은 여인은 무조건 왕비로, 그렇게 해서 태어난 아기는 공주, 또는 왕자에 봉해야 하는 법이 있음을 알렸다.

원래는 거절당하면 몹시 화를 내야 한다. 자신이 베풀 수 있는 최고의 호의를 무시당한 것과 같기 때문이다.

하나 요슈프는 그러지 않았다. 국왕으로서 솔선수범하려는 모습을 높이 사며 오히려 감복했다.

한편, 수아드는 말라크가 걸친 의복을 보며 감탄하기에 바빴다. 너무도 고운 색상이며 흠집 없는 재봉이다.

게다가 펑퍼짐한 옷만 보다가 몸매에 딱 맞는 것을 보니 눈알이 핑핑 돈다.

현수가 말라크에게 준 것은 약 20여 벌이다.

현수가 보기엔 촌스런 디자인이지만 이곳에선 상당히 괜

찮아 보일 듯한 것만 골라서 주었다.

팬티와 스포츠 브라도 많이 주었다.

수아드는 수건을 보고도 많이 놀랐다. 너무도 귀한 천이라
여긴 때문이다. 비누와 중성세제에 대한 설명을 듣고는 눈빛
을 반짝인다. 어서 사용해 보고 싶기 때문이다.

아무튼 무사히 밤을 보냈다. 현수는 요슈프로부터 많은 정
보를 습득했다.

"그럼 안녕히……."

"네, 언제든 또 찾아주십시오."

요슈프를 비롯한 지도부는 정중히 고개 숙여 현수를 배웅
했다. 수아드와 말라크도 공손히 머리를 숙였다.

현수는 손을 흔들어 작별을 고하곤 등을 돌렸다.

그런데 의복이 약간 달라져 있다. 검은색 로브인데 가슴에
붉은 꽃 한 송이가 수놓아진 것이다.

사람들의 눈에서 멀어지자 오토바이를 꺼냈다. 그리곤 거
침없는 질주를 시작했다.

가끔 잠시 멈춰 지도를 보곤 길을 잡았다.

반 로렌카 전선이 제작한 지도인지라 제국의 눈길이 덜 미
치는 길이 표시되어 있는데 그 길을 따라 달린 것이다.

'이게 없었으면 되게 번거로웠을 거야.'

현수는 베푼 만큼 돌아온다는 말을 다시 한 번 느끼며 고개를 끄덕였다.

비누와 수건, 그리고 여러 종류의 의복과 중성세제 등을 넉넉하게 주지 않았다면 이런 지도를 얻지 못했을 것이다.

출발하기 직전 말라크가 말하여 지도를 챙길 수 있었던 것이다. 말라크는 현수가 준 옷을 걸친 채 묘한 눈빛으로 배웅했다.

평생 마음속 연인으로 삼기 위해 머리끝부터 발끝까지 뇌에 새기려 그토록 빤히 바라본 것이다.

부우우웅! 촤라라라락―!

흙먼지를 뒤로하며 거침없이 숲길을 전진하던 현수는 저 멀리 우뚝 솟아 있는 붉은 절벽을 바라보고 멈춰 섰다.

'흐음! 드디어 테라카에 당도했군.'

이곳은 수도 맥마흔으로부터 그리 멀지 않은 곳에 위치한 산맥의 한 부분이다.

요슈프가 준 정보에 의하면 이곳에도 반 로렌카 전선의 세력이 은신해 있다. 맥마흔으로 들어가기 전에 꼭 들러서 각종 정보를 얻으라고 조언해 주었다.

요슈프 일행이 머무는 그곳처럼 이곳도 절벽의 동굴을 은신처로 삼았다.

절벽 가운데 뚫려 있는 동굴의 입구는 찾기 어렵다.

바위로 둘러싸인 안쪽에 입구가 있기 때문이다. 마치 고구려 성곽의 특징인 옹성(甕城) 같은 모양이다.

옹성이란 말 그대로 항아리 모양의 성(城)을 뜻한다. 성의 가장 취약 지점인 성문을 둘러싸는 형태의 작은 성이다.

옹성의 장점은 두 가지가 있다.

첫째는 성문에 대한 직접적인 공략이 불가능하다.

둘째는 성문을 공략하러 들어온 적들을 삼면에서 포위하여 공격할 수 있다.

그렇기에 절벽의 중턱까지 직접 올라가서 수색하지 않으면 입구를 찾을 수 없다.

게다가 옹성처럼 침입자를 삼면에서 둘러싼 채 공격할 수 있으므로 천혜의 요새라 부를 만하다.

그래서 이 요새를 '테라카'라 한다. 마인트 공용어로 '천험의 절지'라는 의미이다.

올라가 보면 알겠지만 동굴의 입구엔 육중한 문이 설치되어 있다. 혹시 있을지 모를 로렌카 제국군의 공격을 대비한 것이다.

옹성에 해당하는 부위엔 적의 침입을 저지한 각종 병장기가 설치되어 있다. 누구나 사용 가능한 노(弩)와 트레뷰셋(Trebuchet), 발리스타(Ballista) 등이다.

절벽 위에 위치해 있기에 적의 접근을 쉽게 식별해 낼 수 있을 뿐만 아니라 방어도 용이하다.

현수는 오토바이를 몰아 테라카가 있는 절벽 아래로 향했다. 그곳에 당도하자마자 활을 꺼내 위쪽으로 쏘아 올렸다.

화살 끝엔 요슈프가 써준 소개장이 묶여 있다.

쒜에에에엑―!

쏘아져 올라간 화살은 의도한 곳에 박힌다.

픽―! 부르르르―!

경계근무 중이던 사내는 대경실색했다.

저 멀리로부터 현수가 곧장 다가올 때까지만 해도 우연히 오는 것으로 알았다. 가끔 약초를 캐러 사람들이 오기도 하기 때문이다.

그런데 엄청나게 빠르다. 하여 뭔가 싶어 안력을 돋웠다. 뭔지 모르지만 탈것을 타고 온다.

말보다 빠른지라 상당히 놀랐다.

그런데 도착하자마자 화살을 쏘아 올리는데 바위에 박힌 채 깃 부분이 떨고 있으니 어찌 놀라지 않겠는가!

테라카의 입구는 아래로부터 약 100여 m나 떨어져 있다.

웬만한 사람들은 이 높이까지 화살을 쏘아 올리는 것조차 하지 못한다. 그런데 바위에 박히기까지 하니 어찌 놀라지 않겠는가!

"라렌, 가서 화살 뽑아와."

"네, 대장."

라렌이라 불린 사내는 바위에 박힌 화살을 낑낑대며 뽑았다. 생각보다 깊숙이 박힌 때문이다.

현수가 쏘아 올린 서찰을 확인한 대장이라는 자는 내용을 훑어보다 화들짝 놀라며 안으로 뛰어 들어간다.

잠시 후, 일단의 무리가 나와 절벽 아래를 바라본다.

"손님, 바구니를 내려드리겠습니다!"

"괜찮소. 올라가도 되겠소?"

"…네!"

사내의 말이 떨어지기 무섭게 현수의 신형이 위로 솟구친다. 플라이 마법이 시전된 것이다.

"헉! 세상에!"

"반갑소. 하인스 멀린 킴 드 셰울이라 하오."

"어, 어서 오십시오. 테라카에 오신 걸 환영합니다."

잠시 후 현수는 안내를 받아 안쪽으로 들어갔다.

요슈프가 머무는 곳과 비슷하다. 다만 이곳은 정상적인 온도가 유지되고 있는 게 다를 뿐이다.

"반갑습니다. 마일티 왕국 공작가의 후손인 헤럴드 폰 하시에라라 합니다."

최종적으로 현수를 맞이한 사내는 육십 정도 된 체격이 큰 사내이다. 한눈에 보기에도 검을 다룬다는 게 느껴진다.

"반갑습니다. 하인스 멀린 킴 드 셰울입니다."

"이렇듯 이실리프 왕국의 국왕 전하를 알현하게 되어 무상의 영광이옵니다."

헤럴드는 본인이 취할 수 있는 최상의 예를 갖췄다.

요슈프가 보낸 서찰에 현수의 신분과 목적이 상세히 기록되어 있으며, 본인이 신분을 보증한다 하였기 때문이다.

요슈프 역시 본인처럼 반 로렌카 전선의 한 축을 맡고 있는 책임자이다.

각 세력의 책임자들은 연대 작전을 위해 가끔 모임을 갖는다. 마지막 모임은 8년 전에 있었다.

그때 요슈프가 천근보다도 무거운 행보를 보임을 알았기에 무조건 믿는 것이다.

"이처럼 불쑥 찾아뵈어 죄송합니다. 그럼에도 환대해 주심에 깊은 감사를 드립니다."

"아닙니다. 어찌 전하의 방문을 저희가 마다하겠습니까? 부디 불편함이 적기를 바랄 뿐입니다."

대화가 시작되었고, 현수는 헤럴드로부터 상당한 정보를 습득했다. 헤럴드는 맥마흔에 비선을 깔아두었다.

점조직으로 이루어진 비선으로부터 각종 정보 및 첩보가 수집되기에 그쪽 사정에 정통하다 할 수 있다.

현수는 이곳에서 하루를 머물렀다.

세 끼 식사를 접대 받으면서 많은 정보를 습득했기에 그에 상응하는 물품들을 꺼내 주었다.

무엇이 부족하냐고 물으니 의복과 식량을 꼽았다. 하여 헤럴드가 너무나 귀한 물건을 이토록 많이 주어도 되겠느냐며 걱정할 정도로 푸짐하게 꺼내 주었다.

그만큼 귀중한 정보를 얻은 때문이다.

다행히도 말라크처럼 한밤중에 침소로 스며드는 여인이 없어서 좋았다.

요슈프가 이런 내용까지 서찰에 적어서 보낸 모양이다.

하긴 말라크는 거절했는데 이곳에서 다른 여인을 안아준 다면 배가 아플 것이다.

"헤럴드, 잘 쉬었다 갑니다."

"네, 전하께 신의 가호가 있기를 바랍니다."

"또 봅시다."

"그럼요. 또 뵈어야죠."

요새를 떠난 현수는 곧장 맥마흔으로 방향을 잡았다.

이번에도 숲길이다. 굳이 매복이 준비되어 있는 큰길로 가서 번거로움을 겪을 이유가 없기 때문이다.

반 로렌카 전선만 이용하는 통로였기에 매복을 만나는 등의 일은 없었다. 덕분에 몇 날 며칠 동안 매복해 있던 로렌카 제국군만 고생했다.

"흐음! 과연 수도라 할 만하군."

맥마혼은 높이 15m짜리 성벽으로 완벽하게 둘러싸인 거대한 도시이다.

위를 올려다보니 성벽 위에는 순찰을 도는 병사들이 있다. 걸음을 딱딱 맞춰 걷는 걸 보니 군기가 엄정한 듯싶다.

이곳의 규모는 대한민국의 수도 서울보다도 크다. 서울시는 605.18㎢인데 이곳은 약 700㎢이다.

가로 20㎞, 세로 35㎞짜리 계획도시인 이것의 성벽 총연장은 110㎞나 된다. 만리장성에는 미치지 못하지만 그래도 엄청난 거리이다.

이토록 긴 성벽을 견고하게 조성하기 위해 일일이 돌을 쌓았을 노예들이 불쌍하다는 생각이 든다. 거중기나 리어카 같은 것이 없는 세상이기 때문이다.

맥마혼엔 여섯 개의 문이 있다.

정중앙에 있는 황궁을 중심으로 다윗의 별 문양을 그려보면 그 꼭짓점마다 대문이 있다.

문의 크기는 조금씩 다른데 대부분 높이 12m, 폭 30m 정도이다. 두께는 30㎝를 넘는 듯하다.

제법 두툼한 철판이 덧대어져 있으니 공성장비를 이용한

공격이나 화공으로부터 안전할 듯싶다.

문 앞엔 마차들이 줄지어 서 있다.

모두가 화려하게 장식된 것이다. 헤럴드의 말처럼 엄청난 수의 귀족이 수도로 집결하는 모양이다. 영주 선발대회에 참가하려는 귀족과 이를 구경하려는 이들일 것이다.

현수는 성 밖 시가지로 발걸음을 옮겼다. 세월이 흐르면서 수도로 인구가 집중되는 동안 자연스레 조성된 것이다.

이보다 더 떨어진 곳엔 빈민촌이 자리 잡고 있다. 확실한 통계는 없지만 대략 20만 명 정도가 살고 있다.

현수는 헤럴드가 이야기한 간판을 찾았다. 지구의 그것과 같은 것이 아니라 판자에 칼로 새긴 것이다.

"흐음! 어디 보자. '졸린 조랑말의 발굽'은 대체 어디에 있지? 근데 대체 뭘 취급하기에 상호가 이런 거야?"

현수가 이곳에 와서 본 상점의 이름은 발정 난 고양이의 콧구멍이나 훔친 밀 포대에 핀 꽃 한 송이, 그리고 뿔난 양의 엉덩이다. 그런데 이번엔 졸린 조랑말의 발굽이다.

현수는 두리번거리며 간판들을 살폈다.

그런데 너무 많아서 찾기가 쉽지 않다. 크기도 제각각인데다 글씨도 엉망이라 읽기가 쉽지 않았다. 게다가 낡디낡은 것들이 뒤죽박죽 섞여 있어 더욱 찾기 어려웠다.

하여 한참을 두리번거려야 했다.

"아! 저기에 있군. 저러니 못 찾지."

졸린 조랑말의 발굽이라는 글씨가 새겨진 간판은 크기가 매우 작았다. 가로 60㎝, 세로 30㎝이다.

다른 것들은 아무리 작아도 이것의 두 배는 된다. 이러니 찾기 쉽지 않은 것이 당연했다.

삐이꺽—!

잔뜩 녹슨 경첩에서 귀에 거슬리는 마찰음이 들린다.

"누구슈?"

슬쩍 실내를 살펴보니 쇠락해 가는 주점인 듯하다. 손님이라곤 귀퉁이에 엎드려 있는 주정뱅이 하나가 전부이다.

"어서 오슈. 한잔하시려고? 뭐로 드릴까?"

탁—!

카운터 안쪽의 사내는 술잔을 꺼내놓고 어떤 술을 원하느냐는 표정으로 바라본다.

"검은 고블린의 혓바닥을 뽑고 싶은데, 있소?"

"…검은 뭐라고 했소?"

"검은 고블린의 혓바닥을 뽑고 싶다고 했소이다."

"으음! 이쪽으로 오슈."

사내는 카운터에서 나오더니 뒷문을 열고 안쪽으로 들어간다. 현수는 반쯤 기절해 있는 주정뱅이를 힐끔 바라보곤 사내의 뒤를 따랐다.

둘이 사라지자 지금껏 엎어져 있던 주정뱅이가 고개를 든다. 너저분하게 자란 머리카락 사이로 형형한 안광이 엿보인다. 결코 술 취한 자의 눈빛이 아니다.

'드디어 걸려들었군.'

슬그머니 자리에서 일어선 주정뱅이는 창문을 열고 뭔가를 던졌다. 그리곤 현수가 들어간 뒷문으로 접근한다.

조심스레 사방을 살핀 사내는 문의 손잡이를 잡아당겼다.

"으윽! 이게 왜 이래? 왜 안 열리지? 아! 당기는 것이 아니라 미는 건가?"

밀어도 보고 당겨도 보지만 문은 꼼짝도 않는다. 주정뱅이는 당황한 듯 주위를 둘러본다.

같은 시각, 주인의 뒤를 따라 들어간 현수는 몇 개의 어두컴컴한 통로를 지났다.

매번 문을 열고 들어갔는데 발을 들여놓으면 자동으로 닫히는 듯 소음이 들린다.

철컥―! 촤르르르륵!

여섯 번째 문을 열고 들어서자 주인이 멈춰 선다.

"관에 핀 꽃은 무슨 색이었소?"

"초록색이오. 156송이였다오."

"…따라오시오."

이번에 들어선 방은 정사각형 모양이다. 사방에 똑같은 문이 있는 것이 특징이다. 주인은 그중 하나를 열고 안으로 들어섰다. 현수는 말없이 뒤를 따랐다.

방금 전 두 번째 암구호를 확인한 것이다. 맞지 않았다면 그곳은 절지로 바뀌었을 것이다.

반 로렌카 전선이 사용하는 암구호에는 의미가 담겨 있다.

검은 고블린의 혀를 뽑겠다는 것은 검은색 로브를 즐겨 걸치는 로렌카 제국의 마법사들을 죽이겠다는 의미이다.

아울러 156은 로렌카 제국 이전에 존재한 공국과 왕국, 그리고 제국의 수효이다.

12개의 제국과 116개의 왕국, 그리고 28개의 공국이다.

관(棺)은 이들의 멸망을 의미한다.

그리고 세상엔 수없이 많은 종류의 꽃이 있다. 빨강, 노랑, 파랑도 있고 자주, 보라색 꽃도 있다.

당연히 흰색과 검은색 꽃도 있다. 이처럼 별의별 색깔의 꽃이 있지만 마인트 대륙에 초록색 꽃은 없다.

그럼에도 암구호에 초록색 꽃이란 말을 넣은 이유는 불가능하지만 희망을 잃지 말자는 의미이다.

어쨌거나 현수는 주점 사내의 뒤를 따라 몇 백 m는 됨직한 긴 복도를 걸었다. 그러다 계단을 딛고 올라갔다.

삐이꺽ㅡ! 쿠웅ㅡ!

덮개를 열고 올라가니 어느 귀족가의 방인 듯싶다.

대체 어딘가 싶어 두리번거리는데 지금껏 안내하던 주점 주인이 입을 연다.

"어서 오십시오. 라트보라 남작입니다."

"네?"

"황궁에서 행정서기를 맡고 있습니다."

"아!"

반 로렌카 전선에서 파견한 간세가 귀족 행세를 하고 있는 것으로 파악한 현수는 나직한 탄성을 냈다.

그러다 서클 수를 확인해 보았다.

"어라, 5서클 마스터이군요."

"그렇습니다. 마나 각인을 통해 간신히 이룬 경지지요."

마나 각인은 마법적 재능이 없는 사람도 마법을 익힐 수 있도록 해주는 일종의 편법이다.

강제로 마나 친밀도를 높이는 것이기 때문이다.

중급 마나석 여섯 개와 3서클 이상인 마법사 넷이 있어야 강제로 마나를 느낄 수 있게 해준다.

딱히 대법이라고 할 것은 못 되지만 이를 할 때 여러 조건을 갖춰야 한다. 그중 하나라도 충족되지 못하면 불상사가 발생한다. 대상자가 죽거나 미치는 것이다.

통계적으로 마나 각인의 성공 확률은 5% 남짓이다.

20명을 대상으로 했을 때 한 사람 정도만 괜찮고 나머지는 죽거나 미치는 것이다. 정립되지 않은 불안한 이론이 바탕인 때문이다.

아무튼 라트보라 남작은 이 시험을 통과했기에 마법사가 될 수 있었다. 그 후 열심히 수련하여 5서클에 이른 것이다.

낮에는 황궁에서 행정서기 일을 보고, 저녁이 되면 '졸린 조랑말의 발굽'이라는 괴상한 이름의 주점의 바텐더가 되어 취객들을 상대로 정보를 수집한다.

또한 반 로렌카 전선에서 보낸 첩보원들과 접선을 했다.

고귀한 귀족이 하찮은 평민 복장을 하고 있을 것이라곤 아무도 생각지 않기에 지난 30년간 별 탈 없이 꾸준히 이어져 온 일이다.

라트보라 남작이 있었기에 반 로렌카 전선은 별 탈 없이 세력을 유지할 수 있었다.

사전에 첩보가 입수되기에 제국의 소탕 작전을 피해 다른 곳에 은신하거나 아예 성동격서의 전법에 따라 게릴라전을 펼칠 수 있었던 것이다.

그런데 제국의 중추는 두뇌가 뛰어난 마법사들로 이루어 있다. 그렇기에 번번이 소탕 작전이 실패로 돌아가자 대대적인 색출 작업을 진행했다.

간세가 침투해 있지 않고는 불가능한 일이기 때문이다.

하여 대대적인 조사가 실시되었다.

1차 조사대상은 황궁 내에 머무는 모든 귀족과 시종, 그리고 시녀와 병사들이었다.

즉각 개인별 조사가 실시되었다. 멀든 가깝든 고향에 사람을 보내 일일이 확인하고 또 확인했다.

5년에 걸친 치밀한 조사 끝에 간세들이 색출되었고, 황궁 앞 광장에서 오마분시되는 최후가 공개되었다.

다음은 황성 내에 기거하는 사람들에 대한 조사였다. 상당히 많은 인원이었지만 이 또한 모두 조사했다.

이 과정에서도 상당히 많은 반 로렌카 전선 소속 간세들이 색출되었다.

이들은 무자비한 고문을 당하는 동안 자신이 알고 있는 모든 것을 토해놔야 했다. 그 탓에 몇몇 세력이 급습당해 전멸하는 불상사가 빚어지기도 했다.

고문과 마법을 병행하였기에 아무리 인내심 강한 사람이라 할지라도 정보를 내놓지 않을 방법이 없었기 때문이다.

성 바깥까지는 조사하지 않았다. 이들은 소탕 작전이나 출동 일시 등을 알 방법이 없는 자들이기 때문이다.

어쨌거나 라트보라 남작은 모든 조사를 무사히 넘겼다. 늘 사려 깊고 신중하게 운신한 덕분이다.

술에 취하면 실수할 수 있음을 알기에 술집을 운영하면서도 술을 입에 대지 않았다. 술을 못 마시는 사람이 아닌지라 상당한 인내심을 요구하는 일이었다.

라트보라 남작은 현수가 건넨 서찰을 모두 읽은 후 불에 태웠다. 헤럴드가 써준 그것에는 현수를 적극적으로 도우라는 내용이 기록되어 있었다.

"형님이 도우라니 기꺼이 돕겠습니다."

"어라, 헤럴드 님과 형제지간이었습니까?"

"제 사촌형님이지요. 형님과 형수님은 잘 계시죠?"

"네, 잘 지내고 계십니다."

라트보라 남작은 고개를 끄덕인다. 워낙 강건한 체질인지라 별 탈 없을 것이라 생각하고 있었던 모양이다.

"무엇을 도와드리면 되겠습니까?"

"영주 선발대회에 참가하려 합니다. 그러려면 적절한 신분이 필요합니다."

"…시간이 필요한 일입니다. 적당한 사람을 찾는 게 쉬운 일이 아니니까요."

말을 하면서 현수의 이모저모를 살핀다. 예리한 시선으로 신장, 체중, 체형, 피부 빛깔, 습관 등을 파악하는 중이다.

"영주 선발대회에 참가하려면 최하가 5서클 마스터라는 걸 알고 계시지요?"

현수의 심장에서 느껴지는 좁쌀만 한 마나로는 어림도 없음을 우회적으로 이야기한 것이다.

"압니다. 지금은 마나를 억제하고 있습니다."

"그, 그래요?"

라트보라 남작은 현수의 말에 당황한 표정을 짓는다.

5서클 마스터인 자신의 이목을 속일 정도면 본인보다 화후가 높음을 의미하기 때문이다.

"신분은 만들어낼 수 있겠습니까?"

"몇 서클이나 되십니까? 영주 선발대회에 참가하는 건 자유지만 자칫 목숨을 잃을 수도 있습니다."

간신히 6서클 정도면 말리고 싶기 때문이다.

가장 낮은 작위인 남작이 되려면 5서클 마스터 이상이라는 제한을 넘겨야 한다.

문제는 영주 자리를 욕심내는 자가 많다는 것이다. 하여 자작이 될 자격을 갖추고도 남작에 지원하는 자가 많았다.

이런 상황은 한국의 입시제도에서도 찾아볼 수 있다.

수능에서 좋은 점수를 얻었다 하더라도 늘 합격을 보장받는 것은 아니다.

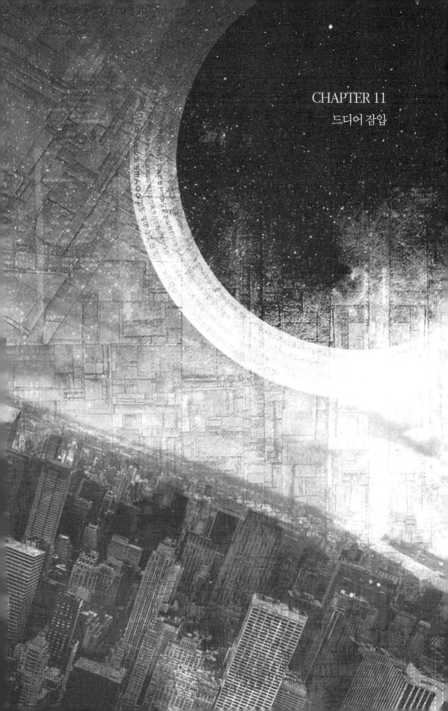

CHAPTER 11
드디어 잠입

전능의팔찌
<small>THE OMNIPOTENT
BRACELET</small>

실제로 2014학년도 서울대학교 의과대학 정시전형에서 자
연계 유일의 수능 만점자가 불합격한 일이 있었다.

점수로만 따지면 전국 수석인데 떨어진 것이다.

2015학년도에도 비슷한 일이 있었다.

연세대 의대 정시전형 1차 합격자 발표에서 수능 만점자가
세 명이나 탈락했다.

나름 하향 지원을 했음에도 이런 것이다.

틀림없이 합격할 것이라 여기고 있던 당사자와 그 가족들
에겐 청천벽력과 같은 일이었을 것이다.

이처럼 입시철만 되면 하향 안정 지원을 하는 일이 비일비재하다. 재수나 삼수를 하는 것보다는 낫기 때문이다.

따라서 5서클 마스터의 화후로 남작위에 도전했다간 목숨만 잃는 일이 벌어질 수 있었다.

가급적 상대를 상하게 하지 말라는 경고의 말을 듣고 대결에 임하지만 지면 끝이기 때문이다.

"5서클 마법사들과 대결할 만합니다."

현수는 굳이 본인의 화후를 밝히지 않았다.

라트보라 남작이 헤럴드의 사촌동생이라는 것까지는 알지만 완전히 신뢰할 수는 없기 때문이다.

라트보라 남작 역시 사촌형의 소개장을 들고 온 현수에 대한 경계심을 늦추지 않고 있다.

사촌형이 소탕 작전에 당했다면 로렌카 제국 마법사들의 술수에 넘어가 이런 소개장을 써줄 수도 있기 때문이다.

"5서클 마스터인가요, 아님 6서클이신가요? 근데 그 정도로는 남작위를 얻지 못합니다. 제가 작위를 얻은 건 정말 운이 좋아서였습니다."

라트보라 남작의 말은 사실이다.

30년 전의 영주 선발대회는 블러드 워(Blood war)라는 별칭이 있을 정도로 치열했다. 그때 약 300명의 마법사가 목숨을 잃었고, 1,200명 정도는 중경상을 입었다.

당시의 라트보라 남작은 5서클 마스터 수준이었는데 제비 뽑기를 정말 잘해서 부전승으로 1차 관문을 통과했다.

2차에서도 부전승이라 쓰인 제비를 뽑아 한 번도 대결하지 않고 3차까지 올라갔다.

정말 천운이라 할 수 있다.

3차에서 만난 상대는 1차와 2차를 거치는 동안 마나를 많이 소진한데다 부상까지 당한 상태였다. 하여 6서클 유저인 상대를 이겼다. 안 그랬다면 100% 패배할 대결이었다.

5서클과 6서클 사이엔 확연한 차이가 있기 때문이다.

운 좋게도 4차에서도 비슷한 상황이 발생되었다. 그 결과 최종 엔트리에 이름을 올릴 수 있어서 작위를 얻은 것이다.

대회에 참가할 때만 해도 화후가 낮아 남작위를 얻기 어렵다는 것이 일반적인 견해였다. 그럼에도 참가한 것은 기회를 놓치면 30년을 기다려야 하기 때문이다.

하여 죽이 되든 밥이 되든 참가나 해보자 하여 나섰다가 운 좋게 귀족이 된 것이다.

"그거야 해보면 알게 되겠지요. 아무튼 신분이 필요합니다. 가능할까요?"

"이틀이나 사흘쯤 여기서 기다리셔야 합니다. 쉬운 일이 아니거든요. 참, 그동안에 어디 나가시면 안 됩니다. 요즘 거수자가 출현해서 검문검색이 아주 심합니다."

"거수자요?"

현수는 본인을 지칭함을 모르기에 고개를 갸웃거렸다.

"네, 10서클 마법사가 수도로 잠입할 수도 있다는 첩보가 있어 다들 신경이 곤두서 있거든요."

"그래요?"

"네, 자유 영지 헤르마로부터 이쪽으로 곧장 오는 중이라 합니다. 뭔지 알 수 없는 탈것을 타고 오는데 엄청 빠르다고 해요. 그래서 길목마다 매복한 채 기다리고 있습니다."

"아! 그렇군요. 알겠습니다."

현수는 고개를 끄덕였다. 거수자가 본인이라는 걸 이제야 알아차린 것이다.

'근데 10서클이란 걸 어떻게 알았지? 아! 그때……'

헬 파이어를 시전하던 두 마법사와 라이트닝 퍼니쉬먼트를 구현시키던 마법사를 떠올린 현수는 고개를 끄덕였다.

셋의 합공을 이겨냈을 뿐만 아니라 반격까지 했으니 10서클이라 짐작할 수 있었을 것이다.

'쩝, 그때 반격하지 말 걸 그랬나?'

괜히 그랬다는 기분이 든다. 상대방에게 큰 해를 끼치지도 못하고 신분만 드러냈기 때문이다.

"머무시는 동안 불편함이 없도록 하겠습니다. 뭐든 필요하신 게 있으면 말씀하십시오."

"신경 써주셔서 감사합니다. 근데 혹시 이곳에 수련할 만한 장소가 있을까요?"

"지하에 수련장이 있습니다. 거길 이용하십시오."

"고맙군요."

현수가 고개를 숙여 예를 표하자 라트보라 남작은 개의치 말라는 듯 웃음을 지어 보인다.

"여자가 필요하더라도 당분간은 참아주십시오. 그리고 이쪽으로 오십시오."

라트보라 남작이 서가를 한쪽으로 밀자 감춰둔 통로가 드러난다. 딱 한 사람이 드나들 만한 폭이다.

"라이트!"

허공에 뜬 광구가 빛을 뿌리자 통로의 모습이 드러난다. 두어 발짝부터는 지하로 내려가는 계단이다.

현수는 말없이 남작의 뒤를 따랐다.

아래에 당도하니 정사각형의 방이 있다. 남작은 왼쪽 벽을 밀었다.

누군가 이곳까지 오더라도 앞이나 오른쪽 벽을 밀었다면 천장으로부터 쏟아져 내리는 쇠창살에 꿰였을 것이다.

이를 피했다 하더라도 발밑에서 솟구치는 창을 피하긴 어려울 것이다. 안전을 위한 안배치고는 참으로 치밀하다.

끼이익—!

"이런, 요즘 수련을 게을리해서 녹이 슨 모양입니다."

"많이 바쁘셨나 봅니다."

"네, 영주 선발대회 때문에 행정 업무가 갑자기 많아져서 그렇습니다. 자, 안으로 드시지요."

안에 들어선 라트보라 남작은 횃불에 불을 붙였다.

지하 공간의 크기는 가로세로 각각 30m 정도이고, 높이는 8m 정도 된다. 중앙엔 앉아서 명상을 할 수 있는 단이 설치되어 있다.

출입구는 방금 들어온 곳뿐인 듯 사방이 벽이다.

"그런데 식사는 어떻게 할까요?"

"없어도 됩니다. 호의에 감사드립니다."

"알겠습니다."

라트보라 남작은 고개를 끄덕였다.

영주 선발대회가 열리기 전까지 침식을 않고 수련을 하겠다는 뜻으로 받아들인 것이다.

"그럼 저는 이만⋯⋯. 손님께 맞는 신분을 찾으려면 시간이 걸려서요. 괜찮지요?"

"물론입니다."

현수는 흔쾌히 고개를 끄덕였다.

홀로 남게 된 현수는 면밀히 주변을 살폈다. 이곳이 함정일 수도 있음을 알기 때문이다.

예상대로 별도의 출입구가 교묘히 감춰져 있다. 그곳 또한 기관이 설치되어 있을 것이다.

"라이트!"

라트보라 남작이 만들어낸 것보다 훨씬 크고 밝은 광구가 생성되자 대낮처럼 환해진다.

현수는 수련장 외곽에 마법진을 그렸다.

마나중력장이란 마법진인데 마법을 구현시킬 때 뿜어지는 마나를 억제시키는 것이다. 내부에서 마법을 쓰더라도 외부에서 알아차릴 수 없도록 하기 위함이다.

"앱솔루트 배리어! 타임 딜레이!"

결계를 치고 들어간 현수는 곧바로 10서클 마법을 만들어내기 위한 참오에 들어갔다. 외부 시간으로 이틀쯤 여유가 있으니 꼬박 1년 동안은 몰두할 수 있을 것이다.

현수가 새로운 마법을 창안하기 위해 집중하고 있을 때 졸린 조랑말의 발굽엔 일단의 무리가 난입하고 있다.

꽝! 꽝! 콰쾅! 콰콰쾅!

"부숴! 어서 부수란 말이야!"

낡디낡은 널빤지들이 부서지면서 자욱한 먼지를 피워 올린다. 근육질 장한이 휘두른 전투 망치에 의해 카운터 뒤쪽 문짝이 부서진다.

이 순간이다.

슈슉! 슈슈슈슉—!

"커억!"

"아앗! 모두 피해! 쉴드! 쉴드!"

피핑, 피피핑! 태태태탱—!

문짝이 부서짐과 동시에 통로 안쪽으로부터 수십여 발의 쇠뇌가 쏟아져 온다.

선두에서 망치를 휘두르던 장한은 이마 한복판에 박힌 쇠뇌를 움켜쥔 채 바닥에 쓰러져 바르르 떨고 있다.

이런 움직임은 길지 못했다. 이마를 뚫고 들어간 쇠뇌에 의해 목숨을 잃은 때문이다.

뒤에서 소리치던 마법사들은 쉴드로 몸을 가린 채 사방으로 산개했다.

슈슈슈슉! 슈슈슈슈—!

약간의 시차를 두고 또 한 번 쇠뇌들이 날아왔다. 방심한 적의 의표를 찌르는 안배이다.

"으읏! 이런 간악한! 쉴드! 쉴드!"

티팅! 티티티티팅—!

깜짝 놀란 마법사들은 다시 한 번 쉴드 마법으로 몸을 보호했다. 그리곤 잠시 아무런 움직임이 없었다.

쇠뇌가 또 쏟아져 올까 싶은 것이다. 약 5분이 지나도록 아무런 반응이 없자 그중 하나가 앞장선다.

"라이트!"

마법사 하나가 광구를 띄운 채 통로로 접어들자 뒤쪽의 누군가가 소리친다.

"이봐, 조심해!"

"걱정 마! 신경 쓰고 있으니!"

한 발 한 발 조심스레 통로를 따라 들어간 마법사는 이내 막다른 곳에 도착했다.

양쪽 벽과 앞에 문이 있는데 똑같은 크기이다.

"왜 멈춰?"

"문이 있는데 어디로 들어가지?"

"와이스 센스 마법을 써봐."

"그랬는데 알 수가 없어. 어떤 문을 열지?"

와이드 센스 마법은 감각을 극도로 예민하게 하여 움직이는 물체, 또는 체온을 가진 동물들을 감지해 내는 것이다.

통로엔 움직이는 것도 없고 동물이나 몬스터도 없으니 아무것도 느낄 수 없는 것이 당연한 일이다.

"일단 쉴드를 치고 앞에 걸 열어봐."

"알았어. 쉴드!"

삐이꺼—!

파곽! 파파파파곽! 티팅! 타타타타탕—!

문이 열림과 동시에 굵은 쇠침이 무수히 쏟아진다.

"휴우~!"

"쉴드! 다시 쉴드!"

"앗! 맞다! 쉴드!"

선두의 예상대로 기관이 작동되었지만 위험을 피했다 생각하고 안도의 한숨을 내쉬었다.

그러나 누군가의 지적에 화들짝 놀라 다시 쉴드를 구현시키던 바로 그 순간, 발밑에서 굵은 창이 솟구쳐 오른다.

퍼억—!

"끄아아악! 케엑! 끄윽!"

발바닥을 뚫고 올라온 창 때문에 몸을 움직일 수 없던 마법사는 길고 긴 비명을 지르다 눈을 감는다.

항문을 뚫고 솟구쳐 오른 창이 목구멍까지 뚫고 턱에 박힌 때문이다.

"이런……!"

"으으, 으으으으!"

선두의 마법사는 꼬챙이에 꿰인 채 부들부들 떨며 나직한 신음을 토한다. 순식간에 생명이 빠져나가는 듯 안색도 창백하다.

"이런 간악한……!"

뒤쪽의 마법사는 동료가 죽어가는 모습을 보면서도 앞으

로 나서지 않았다. 또 다른 기관이 작동할 것이기 때문이다.

대신 뒤로 물러섰다. 바로 그 순간이다.

퍼어억—!

"허억! 케엑! 끄윽!"

양쪽 벽으로부터 굵은 창이 튀어나온다.

위의 것은 단숨에 두개골을 뚫고 반대편 벽에 닿고야 멈췄고, 아래쪽 것은 심장을 관통했다.

그보다 더 아래에서 튀어나온 창은 복부를 꿰뚫었다.

더 뒤쪽에 있던 마법사들이 황망히 물러선다. 그리곤 한참 동안 움직이지 않는다. 또 다른 기관이 발동될까 싶어 두리번거리며 촉각만 곤두세우고 있다.

잠시 후, 통로로 진입한 마법사들이 모두 물러갔다. 포기하고 철수한 것이 아니다.

약간이 시간이 지난 후 통로로 접어드는 인영들이 있다. 그런데 악취가 매우 심하다. 송장 썩는 냄새이다.

"라이트!"

누군가의 마법에 의해 통로 내부가 밝아지자 드러난 것은 십여 구 정도 되는 구울이다.

기다란 막대기로 문을 열자 창이 튀어나온다. 구울들을 뚫었지만 이미 죽은 시체인지라 반응이 없다.

잠시 시간을 두고 퍼런 운무가 실내를 채운다.

"아앗! 큐어 포이즌! 모두 물러나라!"

누군가의 명에 따라 통로로 접어들던 마법사들이 모두 물러났다. 자욱한 독무가 가라앉는 것은 대략 한 시간 정도 지나서이다.

다시 통로로 진입한 마법사들을 조심스런 발길로 통로 내부를 뒤진다. 이들은 로렌카 제국 특수첩보단 소속 마법사들이다. 지난 수년간 수도에 잠입해 있는 반 로렌카 전선의 간세들을 색출해 내는 것이 이들의 임무이다.

최근 이들은 졸린 조랑말의 발굴에 대한 조사에 착수했다. 손님도 별로 없는데 문을 닫지 않고 오랫동안 영업하는 것을 수상히 여긴 결과이다.

가장 먼저 주점 주인인 애꾸눈 푸시를 용의선상에 올려놓고 조사를 시작했다. 푸시는 가족도 없고, 친구도 없다.

외출도 하지 않고 하루 종일 주점 내부에만 머무는 것으로 파악되었다. 낮에는 자고 밤에만 영업한다.

지난 석 달간 푸시에 대해 조사했는데 드러난 것이 없다. 강제 연행을 하면 금방 알 일이다.

잡아다 자백 마법을 쓰면 세 살 때 무슨 짓을 했는지까지 알아낼 수 있다.

그럼에도 잡아들이지 않은 건 누군가와 접선하기를 기다리기 때문이다. 하나만 잡아들이는 것보다 둘 이상을 잡았을 때 더 큰 공을 인정받기 때문이다.

그런데 오늘 드디어 하나가 걸려들었다. 하여 첩보단원을 대거 투입했다.

그 결과는 기관 작동에 의한 사망이다. 분노한 마법사들은 구울을 동원했다. 그런데 그마저도 여의치 않았다.

통로 곳곳에서 쇠뇌와 창살이 튀어나왔고, 바닥이 무너지면서 아래에 박아놓은 꼬챙이에 꿰뚫리는 불상사도 발생했다. 독무도 뿜어져 나왔고, 천장이 내려앉아 압사당하는 일도 빚어졌다.

잔뜩 긴장한 채 만일의 사태를 대비했지만 번번이 허를 찔려 많은 희생자가 발생한 것이다.

약이 오른 특수첩보단은 단원들을 추가로 출동시켰다.

이 정도 안배를 해두었다면 대단한 인물이 은신해 있을 것이란 판단한 것이다.

많은 희생이 발생되었음에도 특수첩보단은 포기하지 않고 전진했다. 이리저리 구불구불하게 만들어진 통로를 따라 한참을 이동했을 때다.

선두에 있던 마법사는 세 개의 문을 앞에 두고 있다. 지금껏 그래왔듯 다 똑같은 문이다.

"지난번엔 왼쪽 벽과 앞쪽 문이 기관 작동을 일으켰고, 그전엔 앞쪽과 오른쪽의 것이 그랬으니 이번엔 왼쪽과 오른쪽

이겠지? 그렇다면 이번엔 앞쪽 문이 안전하겠네."

"내 생각도 그러하네. 일정한 규칙이 있는 것 같네."

"좋아, 앞쪽 문을 열겠네. 다들 주의하게."

"그래. 조심스레 열게. 조금이라도 이상하다 싶으면 얼른 뒤로 물러나고. 우린 20m쯤 떨어져 있겠네."

"그래."

선두의 마법사는 긴장된 표정으로 뒤를 돌아보았다.

동료 마법사들은 20m쯤 떨어진 곳에서 긴장된 눈빛으로 바라보고 있다.

그중 하나와 눈이 마주치자 고개를 끄덕인다. 문을 열 테니 조심하라는 뜻이다. 그리곤 눈앞의 문을 잡아당겼다.

끼이익ㅡ!

"……!"

아무런 반응도 없다. 열어도 문제가 없는 문이었나 보다.

하여 선두의 마법사는 뒤쪽의 동료들을 돌아보며 고개를 끄덕이려 했다.

이 순간이다.

쿠아앙ㅡ! 촤아앙! 쿠아아앙! 와르르르! 쿠아아아앙!

"헉!"

뒤쪽에 있던 동료들의 머리 위에서 폭발음이 들리는가 싶더니 그들의 앞에서 쇠창살이 솟아오른다. 그리곤 와르르 무너져 내린다.

"케엑! 아악! 끄윽! 아악! 살려줘! 켁!"

사실 비명 소리는 들리지 않았다. 계속되는 폭발음과 무너져 내리는 소리 때문이다.

선두의 마법사는 망연자실한 표정이 되었다.

방금 전까지 응원의 눈빛을 보내던 동료 모두 압사당하는 현장을 지켜봤으니 당연한 일이다.

"세상에… 어떻게 이런 일이……."

나직이 중얼거릴 때다. 열린 문 저쪽으로부터 무언가가 쏟아져 온다.

쐐에에엑! 파직―! 픽! 퍼퍼픽!

"케엑! 크헉! 으악!"

여섯 개의 창이 마법사의 몸을 뚫어버렸다. 그 순간 나직한 비명을 지르며 그대로 쓰러졌다.

다음 순간 강력한 폭발음이 이어진다.

콰앙! 와르르르! 쿠아앙! 와르르르―!

쓰러진 마법사의 몸 위로 커다란 바윗덩어리가 떨어져 내리더니 두개골을 빠개 버린다. 허연 뇌수가 시뻘건 선혈과 같이 흘러나왔지만 아무도 보는 이는 없다.

같은 순간, 수도 맥마흔을 감싼 성벽 위에서 경계근무 중이던 병사들이 화들짝 놀라며 물러선다.

정체를 알 수 없는 폭발음에 이어 성벽의 한 부분이 그대로 무너져 내린 때문이다.

"아앗! 성벽이 무너진다! 대피하라! 대피하라!"

"어서 피해! 아앗! 이쪽도 무너진다! 어서 물러나!"

높이 15m짜리 성벽은 폭도 15m 정도 되었다.

두께가 너무 얇으면 외부의 충격에 쉽게 무너질 수 있기에 누가 봐도 견고하게 쌓은 것이다. 그런데 그런 성벽이 갑작스레 무너져 내리니 어찌 놀라지 않겠는가!

병사들은 황급히 대피했다. 곧이어 맥마흔엔 비상령이 발동되었다. 그러는 동안 지하에선 폭발음이 이어지고 있다.

콰릉! 콰르르르릉! 콰릉! 콰르르르릉!

성벽에 가까이 지어져 있던 건물 몇 채가 폭삭 주저앉았다. 놀란 사람들이 황급히 대피하고 있지만 아무도 눈여겨보지 않는다.

사상 초유의 테러 사태에 직면하여 다들 우왕좌왕하느라 여념이 없기 때문이다.

"끄응! 30년도 넘게 걸린 건데……."

현수가 먹을 음식을 준비하던 라트보라 남작이 살짝 이맛살을 찌푸린다.

"내일부터는 그곳에 나갈 일도 없겠군. 그럼 당분간은 쉬는 건가?"

통로가 무너졌으니 이제 졸린 조랑말의 발굽은 자동 폐업이다.

"흐음! 이사도 해야 하는군. 손님이 가고 나면 조금 바쁘겠어. 그럼 그동안엔 좀 쉬어야겠네."

나직이 중얼거리곤 빵과 물을 챙긴다.

이 저택엔 벙어리 시녀 하나가 있을 뿐이다. 오로지 청소와 빨래만 한다. 아침과 점심은 황궁에서 먹고 저녁은 졸린 조랑말의 발굽에서 직접 조리해 먹기 때문이다.

"줄리에게 준비를 시켜야겠군."

수도 맥마혼에는 수십 개에 달하는 상단이 있다.

그중 마필드 상단이 있는데 수도와 인근 도시를 오가며 생필품과 곡물을 취급하는 중소 규모의 상단이다.

이 상단은 반 로렌카 전선과 밀접한 관계가 있다. 장사보다는 첩보수집 및 정보 전달을 목적으로 발족된 것이다.

아무튼 이 저택은 마필드 상단의 소유이다.

약 30년 전에 매매를 통해 소유권을 넘겨받았는데 현재는 상단의 행수가 거주하는 것으로 알려져 있다.

조르쥬가 이곳에 입주한 것은 약 3년 전이다. 남작은 퇴근할 때마다 조르쥬와 똑같이 변장하였던 것이다.

조만간 특수첩보단은 무너진 통로를 복원할 것이다. 그렇게 되면 이곳이 파악될 것이다.

따라서 번거롭기 싫으면 이사를 해야 한다.

수도엔 마필드 상단이 소유한 집이 여러 채 있다.

거의 대부분이 성벽 근처에 있다. 지하 통로를 통해 성 밖으로 오갈 수 있도록 하기 위함이다.

라트보라 남작은 이맛살만 잠깐 찌푸렸을 뿐 별다른 걱정을 하지 않는다. 조사 대상이 본인이 아닌 조르쥬이기 때문이다. 실제로 마필드 상단에는 조르쥬가 근무한다.

반 로렌카 전선의 일원이 아닌 직원일 뿐이다.

실제로 이 저택에 기거하기도 한다. 하지만 너무 바빠서 한 달에 한 번도 드나들지 않는 경우가 많다.

대부분 외부 상행에 동행하기 때문이다. 따라서 알리바이가 확실하다.

뿐만이 아니다. 자신이 맡은 업무는 누구를 조사할 것인지 명단을 작성하여 상부에 기안하는 것이다.

평민들로 구성된 실무진이 현장조사를 통해 명단을 올리면 그를 살펴보고 무리가 없는지 가늠한 뒤 직속상관인 백작에게 보고하는 것이 주된 임무이다.

따라서 마필드 상단의 조르쥬가 명단에 올라오면 슬쩍 빼버리면 그만이다.

같은 순간, 현수는 결계 안에 머물고 있다.

대단위 공격 마법을 만들어야 한다. 9서클 마스터가 100명이 넘는다니 포위되면 꼼짝없이 당할 수 있기 때문이다.

그런데 좀처럼 가닥이 잡히지 않는다.

"끄응! 매스 안티 매직 필드로도 제압이 안 되겠군."

10서클엔 미치지 못하지만 9서클 마스터 역시 절대자의 반열에 오른 존재이다. 따라서 웬만한 공격은 다 막아낼 수 있다. 게다가 상대의 숫자가 월등히 많으므로 마법을 시전하는 중에 공격을 받을 수도 있다.

"흐음! 용언 마법부터 가닥을 잡아야 하고 브레스 같은 것도 만들어야 해."

현수는 드래곤과 인간의 마법을 융합시키는 작업부터 착수했다. 이실리프 마탑의 마법은 룬어의 영창이 가급적 짧다는 것과 마나의 효율이 매우 높다는 특징이 있다.

그런데 그보다 더 짧고 더 높은 효율의 마법이 필요하다.

"흐음! 브레스라. 화염방사기 같은 건데 훨씬 더 규모가 큰 거지?"

아공간에도 화염방사기가 있기는 하다. 레드마피아가 콩고민주공화국 반군에게 공급하려던 것이다.

화염방사기의 역사는 생각보다 오래되었다.

1898년에 독일에서 개발되었는데 액체연료를 고압가스로 분사함과 동시에 점화하여 화염을 뿜게 하는 것이다.

화염 도달거리는 개인휴대용은 약 50m, 차량탑재용은 약 70m이다. 1,000~1,200℃ 정도이니 살상 효과가 매우 크다.

"근데 블링크나 텔레포트로 피해 버리면 그만이잖아. 배리어 마법으로도 충분히 막아낼 수 있고. *끄응!* 브레스는 포기다. 그럼 뭐가 있지?"

현수는 현대의 무기들을 떠올려 보았다. 당연히 핵폭탄이 가장 먼저이다.

"차르봄바 한 방이면 끝인데. 쩝! 그건 구할 수가 없군."

차르봄바는 러시아어로 폭탄의 황제라는 뜻이다. 50MT짜리 두 개를 만들어 그중 하나를 시험한 바 있다.

일본에 투하되었던 핵폭탄의 약 2,500배의 위력을 가진 이것을 터뜨리면 맥마흔을 단숨에 끝장낼 수 있다.

9서클 마스터가 100명이 아니라 100만 명이 있다 하더라도 모조리 목숨을 잃게 될 것이다.

문제는 이걸 구할 방도가 없다는 것이다.

푸틴과 아무리 친해도 이걸 내주진 않을 것이다. 금괴를 무지막지하게 안겨줘도 안 줄 확률이 매우 높다.

"차라리 마법으로 차르봄바를 만들어?"

그런데 8서클 마법 중 뉴클리어 블래스트(Nuclear Blast)라는 것이 있다. 강력한 폭발을 일으키는 것으로 직경 200m를 끝장낼 위력이 있다고 기록되어 있다. 이실리프 마법서엔 헬 파이어와 비슷한 위력이라 되어 있다.

"끄응! 전방위 공격 마법으론 부적합해."

9서클 마스터들에게 완전히 둘러싸인 경우를 감안해 보면 뉴클레어 블래스트는 부족함이 많은 마법이다.

한쪽은 공격할 수 있지만 다른 쪽으로부터 공격을 받을 수 있기 때문이다.

"방어 마법도 앱솔루트 배리어만으론 부족해."

적으로부터 동시다발적인 공격을 받을 경우 세 겹의 배리 어만으로 막을 수 없는 경우가 있다. 마법을 구현시킬 때 아 주 짧은 순간이지만 쿨 타임이 존재하기 때문이다.

"참, 헤르시온이 있었지. 아공간 오픈!"

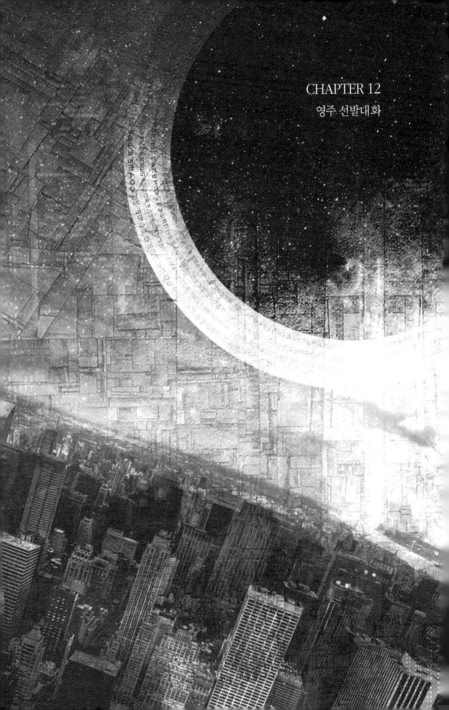

CHAPTER 12
영주 선발대화

　지난번 빌모아 일족을 만났을 때 현수는 상당량의 주류를
공급해 준 바 있다. 금괴 제련 작업을 생각보다 빨리, 그리고
많이 해준 것에 대한 보답이다.

　그때 소주, 양주, 와인, 막걸리 등을 꺼내 주었다.

　이 밖에 매취순, 백세주, 설중매, 산사춘, 복분자주, 인삼주
등도 같이 주었다. 맥주뿐만 아니라 다양한 술이 있음을 알려
주고 싶었던 것이다.

　눈앞에 산더미처럼 쌓은 술을 본 나이즐 빌모아는 기분이
몹시 좋다며 껄껄대며 웃었다.

그리곤 현수의 손을 잡아끌었다.

웬일인가 싶어 따라가 보니 나이즐 빌모아의 개인 대장간이다. 당도하자마자 전용 창고를 열고는 무언가를 꺼내 건네준다. 다소 붉은빛이 감도는 금속 허리띠이다.

현수는 이것의 정체를 한눈에 알아보았다.

"어라! 이건… 헤르시온이 아닙니까?"

"맞습니다. 전신을 감싸는 마법 갑옷 헤르시온이지요. 드디어 완성되었습니다. 자, 착용해 보시지요."

이실리프 왕국의 신민이 되기를 맹세했기에 나이즐 빌모아는 계속 현수에게 존대를 했다.

현수는 그러지 말라고 하려다 말았다. 국왕이 되기로 마음먹었으니 이제 이런 것에 익숙해져야 하기 때문이다.

나이즐 빌모아는 헤르시온을 현수의 허리에 채우곤 세심히 사이즈 조절을 했다. 살이 찌거나 마를 수도 있음을 감안하여 이런 기능을 추가시킨 것이다.

어쨌거나 헤르시온은 평상시엔 허리띠 역할을 하도록 제작되었다. 아르센 대륙뿐만 아니라 지구에서도 양복의 허리띠로 사용 가능할 정도로 좁고 얇다.

마나를 불어넣으면 전신을 감싸는 갑옷으로 변모함을 알기에 그러려니 하는데 나이즐 빌모아가 저지한다.

"잠깐만요. 이건 각인 작업이 필요한 겁니다. 손 좀 내밀어

보시지요, 전하."

현수가 말없이 손을 내밀자 버클 가운데에 댄다. 그 순간 살짝 따끔한 느낌이 든다.

현수는 허리띠가 잠시 진동하는 느낌을 받았다.

나이즐 빌모아는 피를 통한 각인 작업이 진행되어 그런 것이라며 기다리라 하였다.

그렇게 약 3분의 시간이 흘렀다.

"자, 이제 아머 온(Armer On)이라 외쳐 보십시오."

"아머 온!"

촤르륵! 촤르르륵―!

말 떨어지기 무섭게 허리춤으로부터 위아래로 얇은 금속막이 쏘아져 간다.

대함미사일이나 순항미사일 중에는 수면을 스치듯 날아가는 씨 스키밍(Sea skimming) 기술이 적용된 것이 있다.

초저공비행을 하여 레이더 탐지가 어렵게 하는 것이다.

지금 헤르시온이 그러하다.

현수의 몸을 100% 파악했는지 몸으로부터 약 5㎜ 정도 이격 거리를 두고 전신을 감싼다.

숨 쉴 구멍과 소리를 들을 구멍 이외엔 모든 곳이 막혀 있어 용암 속에서도 얼마간은 버틸 기물이다.

눈 부분은 바이저가 달려 있는데 닫으면 밀봉된다고 한다.

이것의 제작 도면은 아주 오래전 빌모아 일족의 조상을 방문한 드래곤이 준 것이다.

나이즐 빌모아는 일부 수정된 설계도대로 만들었다.

현수가 빌모아 일족의 귀빈이기에 족장의 권한으로 병기를 만들지 않는다는 금기를 깨고 제작한 것이다.

원래의 제작 도면엔 경량화 마법과 스트랭스, 그리고 헤이스트와 바디 리프레쉬, 이 밖에 보존마법진을 그려놓도록 되어 있었다.

그리고 이 마법들이 제대로 구현되기 위한 상급 마나석을 박을 구멍도 따로 있었다.

현수는 이 설계도를 처음 접했을 때 몇 가지 마법진을 추가했다.

첫째는 항온마법진이다.

갑옷이 착용된 동안 추위와 더위, 또는 과도한 행동으로 인한 체온을 조절하기 위함이다.

둘째는 마나집적진이다.

마나석이 담고 있는 마나가 모두 소진되면 헤르시온은 조금 단단한 갑옷 수준으로 전락한다.

만일 마나집적진으로 끊임없이 마나를 채워준다면 언제까지고 사용할 수 있는 무적 갑옷이 될 것이다.

셋째는 인비저빌러티 마법진이다.

헤르시온을 걸친 보이지 않는 적을 만난다면 누구든 지리 멸렬하게 될 것이다.

넷째는 반탄마법진이다.

상대의 공격을 두 배의 강도로 튕겨주는 마법진이 새겨진 다면 방어할 필요가 없어진다.

헤르시온을 착용한 현수는 매우 흡족했다. 명색이 갑옷이 다. 그리고 분명 금속으로 제작되었다. 그런데 마치 아무것도 걸치지 않은 것처럼 가볍고 행동의 제약도 없다.

하여 고맙다고 몇 번이고 치사를 했다.

나이즐 빌모아는 흡족해하는 현수를 보고 더 좋아했다.

"그런데 족장님."

"네, 전하."

"마법진을 추가했으면 합니다."

"또요?"

"기왕에 만드는 것이니 좋은 게 좋은 거 아니겠습니까?"

"뭐, 그러십시오. 좋습니다. 뭘 더 그려 넣으실 겁니까?"

현수는 잠시 생각에 잠겼다가 본인의 의견을 냈다.

"우선은 앱솔루트 배리어 마법진을 추가하죠. 헤르시온 외 부에 강력한 방어 마법이 구현되도록 하는 거죠."

"앱솔루트 배리어요?"

"네, 방금 떠오른 생각인데 헤르시온 바깥쪽으로 일정한 거리를 두고 배리어가 생성되도록 하면 좋을 것 같습니다. 헤르시온 자체가 보호되는 거니까요."

"좋은 생각입니다. 또 있습니까?"

"플라이 마법진도 필요할 것 같습니다."

"알겠습니다. 마법진의 도면을 주시면 그려 넣도록 하죠."

현수는 앱솔루트 배리어와 플라이 마법진의 도해를 그려주었다. 현수가 직접 헤르시온에 마법진을 그려 넣지 않은 이유는 그것이 접혔다 펴졌다 하는 것이기 때문이다.

메커니즘을 이해하면 별일 아니지만 그런 사소한 것까지 알고 싶지는 않아 나이즐 빌모아에게 일임한 것이다.

머릿속으로 헤르시온을 떠올리고 아공간에 손을 넣던 현수는 쓴웃음을 지었다. 마법진을 그려달라고 나이즐 빌모아에게 맡겼는데 그걸 깜박 잊은 것이다.

"끄응! 그게 있으면 괜찮을 거 같은데 지금이라도 아르센에 다녀올까?"

나이즐 빌모아는 바세른 산맥의 이실리프 자치령에 있거나 이실리프 왕궁에 있을 것이다.

좌표를 알고 있으니 갔다 오는 건 문제가 아니다.

그런데 그러는 사이에 영주 선발대회가 끝나 버리면 다프네의 신세를 망칠 수 있다.

아울러 텔레포트 마법을 썼을 경우 골치 아픈 일이 빚어질 수 있다. 비상이 걸려 있는 지금 마나유동 현상이 일어나면 9서클 마스터들이 집결할 것이다.

나 여기 있었다는 증거가 되기 때문이다.

이곳에 온 목적은 팔려온 다프네를 구하기 위함이다.

그런데 로렌카 제국의 전력과 맞붙으면 아르센 대륙까지 전화(戰火)가 옮겨갈 수 있다.

문제는 이곳은 아르센을 아는데 아르센에선 이곳의 존재조차 모른다는 것이다.

그리고 이곳의 전력은 아르센 대륙 전체의 전력을 다 합친 것보다도 더 강력하다. 전쟁이 벌어지면 아르센은 피의 살육장이 될 확률이 매우 높다.

전혀 원하지 않는 일이다.

"끄응! 그냥 다른 마법이나 만들어야겠군."

현수는 헤르시온을 포기했다. 그리곤 곧바로 마법 창안 작업에 들어갔다. 결코 쉽지 않은 일이다.

그렇게 이틀이 흘렀다. 물론 결계 외부 시간이다.

쿵, 쿵―!

"들어오세요."

"식사를 하나도 안 하셨군요."

라트보라 남작은 자신이 챙긴 빵과 물이 그대로 있음을 확인한 모양이다.

"속이 비어야 머리가 맑아지니까요."

"네, 그건 그렇지요."

배가 부르면 졸린 법이다. 그렇기에 고개를 끄덕인다.

"자, 여기 신분패입니다. 핫산 브리프가 이름입니다. 브리프 왕국 출신 핫산이라는 뜻입니다."

"……!"

현수는 말없이 신분패를 받았다.

"이건 핫산 브리프에 관한 정보국 자료입니다. 읽고 숙지하신 후 폐기하십시오."

라트보라 남작이 준 서류는 제법 두툼했다.

"……!"

현수는 이번에도 대꾸하지 않고 서류를 받아 들었다.

"핫산 브리프는 작년에 실종되었습니다. 자유 영지 헤르마에서 배를 타고 이동하던 중 파도에 휩쓸렸지요. 그 밖의 자세한 내용은 서류를 참조하십시오."

"애써주셔서 고맙습니다."

"들으셨는지 모르지만 이틀 전 이곳으로 올 때 꼬리가 붙었습니다. 그들이 기관을 건드려 통로가 모두 무너졌지요."

라트보라 남작은 태연한 표정으로 이야기하고 있다. 하지만 속은 몹시 쓰리다.

오랜 기간에 걸쳐 만들어놓은 비밀통로를 잃었을 뿐만 아니라 정든 거처까지 떠나야 하기 때문이다.

"생각보다 특수첩보대의 능력이 좋습니다. 그러니 이곳을 떠나주십시오."

"…호의에 감사드립니다. 큰 도움이 되었습니다."

"별말씀을……. 헤럴드 형님의 부탁이니 당연히 들어드려야지요. 무운을 빕니다."

"구경하실 겁니까?"

"구경하러 가지 않으면 오히려 이상해합니다."

"알겠습니다. 다시 뵈면 제가 술 한잔 대접하겠습니다."

"네, 30년 동안 끊었던 술이니 아주 많이 마실 겁니다."

현수와 라트보라 남작은 시선을 교환했다. 서로 간에 대한 신뢰가 조금은 더 깊어지는 듯한 느낌이다.

"수도와 영주 선발대회에 대해 아는 바가 별로 없을 터이니 잠시 설명을 드리겠습니다."

"경청하겠습니다."

현수는 기꺼운 마음으로 귀를 기울였다. 결코 손해 보게 할 사람이 아니기 때문이다.

*　　　*　　　*

"다음은 오늘의 23번째 대결입니다. 핫산 브리프와 랜돌프 아킨입니다. 두 분은 대결장으로 나와 주십시오."

사회자의 안내에 따라 현수는 대결장으로 내려갔다. 이곳은 마치 로마의 콜로세움처럼 원형의 경기장이다.

입추의 여지없이 가득 들어찬 관중의 수효는 약 10만 명일 것이라고 했다.

한 가지 특이한 점은 관중 모두 마법사라는 것이다.

30년에 한 번 영주 선발대회가 개최되면 마인트 대륙의 수많은 마법사가 수도로 집결한다.

새로운 마법을 식견할 절호의 기회이기 때문이다.

하지만 수도에 도착한 마법사들 모두가 대회를 관람할 수 있는 것은 아니다. 해마다 도착하는 인원이 많아지면서 수용 인원을 훨씬 넘기기 때문이다.

올해는 약 11만 명이 집결하여 약 1만여 명의 마법사가 대결장 밖에서 발을 동동 구르고 있다.

어쨌거나 10만 명이 넘는 마법사가 보고 있다.

"와와와와와! 와와와와와!"

현수가 먼저 경기장에 들어서자 사방에서 환호성이 터져 나온다. 방금 전 대결에서 트윈 싸이클론 마법과 기가 라이트닝 마법이 작렬했다.

트윈 싸이클론(Twin Cyclone)은 두 개의 회오리바람을 스크루처럼 생성시켜 대상을 공격하는 것이다

기가 라이트닝(Giga Lightning)은 라이트닝 볼트의 업그레이드 버전으로 수만 볼트의 전기를 뿜어내는 것이다.

이 대결에서의 승자는 트윈 사이클론을 구현시킨 6서클 마법사이다. 같은 6서클 마법사를 갈가리 찢어서 죽였다.

대결이 끝난 후 진행자들이 나와 바닥의 선혈을 닦아내고 잘린 팔을 치웠지만 아직도 피비린내가 난다.

관중들은 강렬한 인상을 준 승자에게 아낌없는 박수를 쳐 주었다. 질질 끌려 나간 패자의 사체는 조만간 구울로 제작될 것이다.

로렌카 제국엔 장례식이라는 것이 없다. 죽은 자의 몸은 제국이 소유하기 때문이다.

"와아아아! 핫산! 핫산! 핫산!"

"나는 니 편이다! 랜돌! 랜돌! 랜돌!"

"둘 중 하나는 죽어라! 와아아아아!"

흥분한 관중들은 더 많은 피를 요구하고 있다.

'흐음, 6서클이군.'

남자위를 차지하기 위한 대결이다.

5서클 마스터 이상 참가가 가능한데 지금껏 5서클 마법사는 단 하나도 나오지 않았다.

나왔다면 모두 죽었거나 패했을 것이다.

현재까지 진행된 대결은 약 20여 회이다. 모두가 6서클 마법사가 참가한 대결이었다.

"핫산! 랜돌! 두 분은 경기 규칙을 아십니까?"

"네, 압니다."

"물론 잘 알고 있습니다."

"좋습니다. 그럼 신호가 떨어지면 대결을 시작하십시오. 부디 상대의 목숨을 빼앗는 일이 없기를 바랍니다."

사회자는 의례적인 말을 하곤 물러선다.

그런데 곧장 깃발이 내려지지 않는다.

사회자가 물러선 후 약 5분 정도 시간이 지체된다. 관중석에서 내기 돈을 걸 시간이 필요하기 때문이다.

현수는 무심한 시선으로 랜돌을 바라보았다.

음침한 인상이다. 아울러 '나는 흑마법사입니다'라는 포스를 물씬 풍기고 있다.

"자, 그럼 지금부터 핫산 대 랜돌, 랜돌 대 핫산의 대결이 시작됩니다. 준비이~ 시작!"

제국의 문양이 그려진 검은 깃발이 내려가자 랜돌은 재빨리 아공간에서 무언가를 꺼낸다.

"저건……?"

랜돌이 꺼낸 건 키메라이다. 샤벨타이거의 몸에 맨티코어의 날개를 달았다.

"크흐흐흐! 가랏!"

랜돌의 명령이 떨어지자 키메라는 조금도 지체하지 않고 현수에게 쏘아져 오며 날갯짓을 한다.

대결장의 크기는 축구장 넓이 정도 된다.

현수는 날개 달린 샤벨타이거가 다가오자 입술을 달싹였다. 멀리서 보면 룬어를 영창하는 듯한 모습이다.

"파이어 레인!"

슈아아아아아악―!

하늘에서 시뻘건 화염의 비가 쏟아지기 시작한다.

키메라는 황급히 달려들던 방향을 바꾼다. 짐승이라 불을 꺼리는 것이다.

"뭐 해? 어서 달려들어! 놈을 잡아먹으란 말이야!"

고함을 지른 랜돌이 현수를 째려본다.

"아이스 캔논!"

쌔에에에엑―!

무엇이든 얼려 버릴 차가운 기운이 쇄도한다. 현수는 달려드는 키메라를 보며 다시 입술을 달싹였다.

"파이어 월!"

화륵! 화르르륵―!

바닥으로부터 시뻘건 화염이 솟구쳐 오르자 키메라는 얼

른 물러선다. 이때 랜돌의 아공간에서 무언가가 튀어나온다.

이번엔 와이번의 날개를 단 오우거이다.

쿠와아앙~!

포효를 터뜨린 오우거의 거대한 동체가 하늘로 떠오른다. 날갯짓을 할 때마다 바닥의 먼지가 휘말려 올라간다.

그러던 어느 순간 곧장 현수를 향해 쇄도하며 커다란 몽둥이를 휘두른다.

쒸잉! 쒸이이잉—!

"윈드 캐논! 윈드 필드! 매스 윈드 커터!"

연달아 세 개의 마법이 구현되자 관중석의 마법사들이 감탄사를 터뜨린다.

사전에 메모리를 해두었을 것이라 생각하지만 그래도 연달아 세 개의 마법을 구현시키는 일은 쉽지 않기 때문이다.

아무튼 윈드 캐논은 날개 달린 오우거에게 향했다.

윈드 필드는 랜돌이 서 있는 부위에서 발생되었는데 그와 동시에 여러 개의 윈드 커터가 섞여들었다.

같은 성질을 가진 것이라 구별해 내는 것이 쉽지 않다.

위이잉! 위이잉! 쒜에엥! 슈아앙!

"아앗! 쉬, 쉴드! 배리어! 큭! 아악! 케에엑!"

화들짝 놀라 쉴드를 치려 했으나 강력한 바람에 휘말려 마나가 흩어진다. 하여 얼른 배리어를 구현시키려 했다.

쉴드보다 월등하게 강력한 방어막이기 때문이다. 그런데 윈드 커터가 더 빨랐다.

회전하는 둥근 톱날처럼 생긴 윈드 커터는 윈드 필드에 섞여 있어 형체가 분명하지 않다. 하여 순식간에 손목이 베었다. 그리곤 머리가 동체로부터 분리되었다.

털썩ー! 쿵! 툭, 떼구르르! 슈악ー!

스르르 무릎을 꿇더니 동체가 엎어진다.

이 순간 잘린 머리가 등 위에 떨어지더니 옆으로 굴러떨어진다. 곧이어 잘린 목으로부터 선혈이 뿜어진다.

"……!"

관중들은 잠시 아무런 소리도 내지 않았다. 대부분 한 사람이 대결 중 목숨을 잃었기 때문이라 생각할 것이다.

"와아아아아ー!"

"핫산! 핫산! 핫산!"

움츠렸다 튀어 오르는 것처럼 환호성이 터져 나왔고, 핫산의 이름을 연호했다.

윈드 필드에 윈드 커터를 섞으면 어떤 결과가 빚어지는지를 볼 수 있었기에 환호하는 것이다.

"핫산! 수고했습니다! 덕분에 수법 하나를 알았습니다!"

"핫산! 정말 교묘한 수법이었다! 잘했다, 잘했어!"

마법사들은 새로운 조합의 마법을 알게 된 것만으로도 기쁘다는 듯 계속해서 핫산을 연호했다.

"이 대결의 승자는 핫산 브리프임을 선언합니다!"

"와아아아! 와아아아아!"

관중들은 환호성과 더불어 아낌없는 박수를 쳐주었다.

현수는 시종의 안내를 받아 대결장 밖에 있는 승자들의 대기소로 들어갔다.

"……!"

기 진행된 대결에서 승리를 취한 20여 명의 마법사가 현수를 바라본다. 승자끼리 대결이 있을 예정이므로 누구와 맞붙을지는 알 수 없다. 승자가 모두 가려지면 제비를 뽑아 상대를 결정하기 때문이다.

이번 영주 선발대회에서 새롭게 남작령을 차지할 인물은 88명이다. 이 자리를 얻기 위해 무려 1,408명의 마법사가 참가 신청을 했다.

숫자만으로 따지면 16 : 1의 경쟁률이다. 하지만 이 숫자는 의미가 없다.

실제론 1,321 : 1이기 때문이다.

87명의 최강자가 남작위를 받고, 나머지 한 자리를 놓고 전 인원이 대결을 벌이는 것이나 다름없다.

1차는 1,408명이 704명으로 줄 때까지 대결한다. 다시 말해 704번의 대결이 진행되어야 1차 선발이 끝난다.

2차는 이 인원이 352명으로 줄어들 때까지 대결한다. 1차에 선발된 승자끼리의 대결이다.

3차는 176번의 대결을 벌인다. 이 대결에서 승리한 88명은 남작위를 받게 된다.

물론 작위를 내리기 전에 신분조회가 이루어진다. 혹시라도 반 로렌카 전선의 마법사가 끼어들 수 있기 때문이다.

이 과정을 거치면 황제 앞에서 무릎을 꿇고 충성 맹세를 한다. 공작과 후작은 황제가 직접 작위를 하사하지만 백작은 제국의 실세 공작인 내무대신이 작위식을 거행한다.

자작은 후작이 작위식을 거행하며, 가장 낮은 남작은 내무부 실무 책임자인 백작이 작위를 내린다.

지난 며칠간 계속해서 대결이 이어졌다. 아침 일찍 시작된 대회는 하루에 약 50여 번의 대결이 이루어진다.

1차만 704번의 대결이 이루어져야 하니 약 14일이 걸린다. 2차는 7일, 3차는 4일이 걸린다.

이렇게 하여 모두 25일이 소요된다.

남작 선발대회가 끝나면 잠시의 휴식기가 주어진다. 이 기간 동안 새로 작위를 받는 자들은 예복을 맞춰 입는다.

아울러 제국의 귀족으로서 가져야 할 품위나 예법 등에 대한 교육이 실시된다. 물론 가족 관계 등도 철저히 조사한다.

작위를 받는 본인은 물론이고 배우자와 직계 자식 또한 제국의 귀족 명부에 이름을 올리게 되기 때문이다.

올해 새롭게 선발되는 21명의 자작과 16명의 백작, 그리고 5명의 후작과 2명의 공작을 선발하는 대회는 신임 남작들이 예법 등을 교육받는 동안 이루어진다.

21명을 뽑는 자작은 84명이 신청했다.

첫날 1차 선발이 끝나고 이튿날 모든 과정이 끝난다.

16명의 신임 백작 자리를 노리는 자는 64명이다.

백작위 역시 2일 만에 대상자가 결정된다.

20명이 신청한 후작 선발대회 역시 이틀이 걸린다. 고서클인지라 쉽게 승자가 결정되지 않기 때문이다.

8명이 신청한 신임 공작 자리 역시 이틀에 걸쳐 선발이 끝난다.

이렇게 8일간의 대결이 이루어지는 동안 신임 남작에 대한 교육과 가족 관계 조사 등이 진행된다.

하여 행정을 담당하는 자들은 그야말로 사타구니에서 방울 소리가 들릴 정도로 바쁘게 뛰어다녀야 한다.

자작 이상은 이미 작위를 가진 자가 참여하는 것이 대부분이므로 따로 예절 교육 등을 하지는 않는다.

황제를 대신하여 황태자가 친림하는 것은 후작과 공작이 결정되는 날이다. 이날은 황태자비들은 물론이고 다른 황족들 모두 관람한다.

그리고 이날 승자들에게 주어질 미녀들이 공개된다.

공작, 후작, 백작, 자작, 남작의 순으로 미녀들을 고르게 된다. 각각은 제비뽑기를 하여 순번을 정하는 것이 지금까지의 관습이다.

미녀들을 보기 위해 관중들이 어마어마하게 몰리기에 삼엄한 경계망이 펼쳐지지만 지금껏 불미스런 사고는 단 한 번도 빚어지지 않았다.

33일간의 잔치가 끝나 대상자가 결정되면 2일간의 말미를 두고 36일째 되는 날 공작과 후작에 대한 작위식이 거행된다. 신임 공작과 후작은 이날 다시 한 번 제비뽑기를 하여 영지를 선택하게 된다.

37일째 되는 날엔 백작과 자작에 대한 작위식이 치러진다. 이들 역시 제비뽑기로 영지를 갖게 된다.

38일째 되는 날엔 남작들에 대한 작위식을 하고, 영지 선택을 위한 제비뽑기를 한다.

그리고 이틀간 대대적인 잔치를 벌인다.

새로 영주가 된 사람들을 축하하는 시간이며, 신임 영주들은 입맛에 맞는 행정관을 채용하는 시간이다.

축제 분위기 속에서 치러진 40일간의 영주 선발대회는 30년이 흐른 뒤에 다시 개최될 것이다.

현수는 승자 대기실에 들어가 준비된 의자에 앉았다. 탁자위엔 먹고 마실 수 있도록 술과 음식 등이 놓여 있다.

모두의 시선을 받고 있지만 당당하게 걸어가 음식을 덜어 왔다. 그리곤 그것을 먹으려는데 누군가 말을 건다.

"이봐, 자네 상대는 누구였나?"

"어떤 마법으로 이겼지?"

"상대는 어찌 되었나?"

굳이 대꾸하지 않아도 된다. 다 경쟁자인 때문이다. 하지 만 현수는 그러지 않았다.

"내 상대는 랜돌 프아킨이었소."

"아, 랜돌? 그 친구 6서클 유저인데, 키메라 전문이라 상대 하기에 까다로웠겠네."

누군가 랜돌을 아는 모양이다.

"그래서 그는 어찌 되었나?"

"윈드 커터에 목이 잘려서 죽었소."

"……!"

사람의 생명을 아무렇지도 않게 여기는 흑마법사들이지만 동료의 죽음은 마음에 걸리는지 잠시 아무런 말도 없다.

그러나 그 시간은 그리 길지 않았다.

"허어! 겨우 윈드 커터에?"

"그러게. 천하의 랜돌 프아킨이 겨우 2서클 마법에 목숨을 잃었군."

몇몇은 랜돌에 대해 아는 모양이다. 그러거나 말거나 현수는 음식을 먹기 시작했다.

덜어온 것을 다 먹고 한 번 더 먹을 즈음 문이 열린다.

삐이꺽—!

"오오, 라만세! 이겼군!"

"후우, 이겼지. 근데… 이렇게 되었네."

이번 대결에서 손목이 절단된 모양이다. 포션을 부어 상처는 치료했지만 통증이 느껴지는 듯 이맛살을 찌푸린다.

"상대는?"

"익스플로전으로 머리를 터뜨려 버렸네. 감히 내 손목을 이렇게 했으니 용서할 수가 없었지."

"그래, 그랬군. 그나저나 손이 그래서 2차에 나서긴 힘들 것 같은데, 포기할 건가?"

"…승자 대기소가 어떤지 보고 싶어서 왔네. 2차는 포기하고 고향으로 가야지."

"이런! 고생 고생해서 여기까지 왔는데 안되었네. 곧장 낙향할 건가?"

라만세라 불린 마법사는 고개를 좌우로 젓는다.

"아니. 볼 게 많을 것 같아 관중석에 있을 예정이네."

"그래, 그게 좋겠지. 배울 바가 많을 거야."

"그렇길 바라네."

둘의 대화가 끝나도록 다른 마법사들은 아무런 말이 없다. 대결에서 패하면 목숨을 잃을 수도 있고 평생을 병신으로 살아가게 될 수도 있음을 상기한 때문이다.

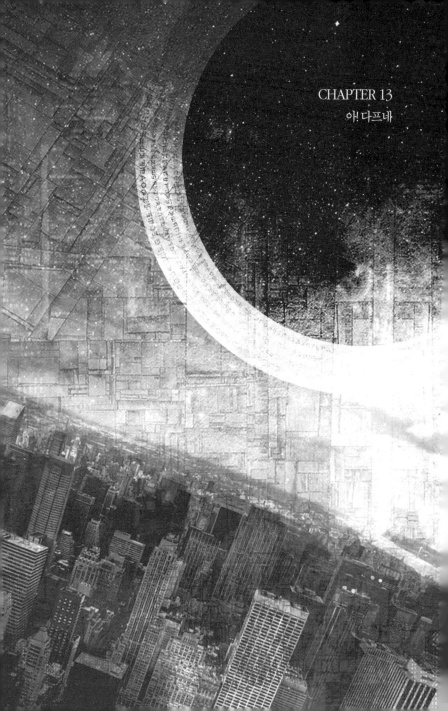

CHAPTER 13
애 다프네

전능의팔찌
THE OMNIPOTENT
BRACELET

"자! 드디어 오늘의 마지막 경기가 시작됩니다. 이 대결은 운 좋게 2차를 부전승으로 오른 핫산 브리프 마법사와 2차에서 상대의 머리에 굵은 아이스 스피어를 박아 넣은 이마르 이사틴 마법사의 대결입니다."

"와아아아! 와아아아아아!"

"핫산! 핫산! 핫산! 핫산!"

"이마르! 이마르! 이마르! 이마르!"

오늘도 경기장은 입추의 여지가 없을 정도로 빼곡하다.

관중들은 본인이 낼 수 있는 가장 큰 소리로 대결에 임하는 마법사들의 이름은 연호하고 있다.

1차 선발은 14일, 2차 선발은 7일간 벌어졌다. 3차 선발은 4일에 걸쳐 치러지는데 오늘이 마지막 날이다.

그리고 현수는 마지막 경기에 나서게 되었다.

이제 이 대결에서 승리하면 남작이 되는 것이고, 패하면 짐 싸서 집에 가야 한다.

현수는 1차 선발 첫날 랜돌 프아킨과 대결하여 승리했다. 2차에선 제비뽑기를 잘해서 부전승으로 통과했다.

손목이 잘려 대회를 포기한 라만세가 상대로 결정된 때문이다.

3차에서도 부전승을 거둬 곧바로 남작이 될 기회가 있었지만 일부러 대결을 택했다.

1차와 2차 선발이 치러지는 21일간 현수는 상당히 많은 정보를 입수했다. 승자들이 머무는 숙소에 있으면서 다른 마법사들의 대화를 엿들은 결과이다.

전에도 단 한 번의 대결로 남작에 오른 인물이 있었다고 한다. 그는 평생을 남들로부터 존경받지 못했다.

실력이 의심스럽다는 것이 그 이유였다.

현수가 대결을 선택한 것은 이 때문이 아니다.

마인트의 마법이 아르센의 마법과 약간 궤가 다른 때문이다. 다시 말해 이곳의 마법들을 견식하기 위해 나선 것이다.

"자! 핫산 브리프 마법사와 이마르 이사틴 마법사는 대결장으로 입장해 주십시오."

사회자가 선수들을 호칭하는 것도 약간 달라져 있다. 귀족 결정전이므로 상당히 정중해진 것이다.

"핫산! 핫산! 핫산! 핫산!"

"이마르! 이마르! 이마르! 이마르!"

관중들이 큰 소리로 연호하며 선수 입장을 기다리고 있다.

한편, 현수는 선수 대기실을 떠나 대결장으로 향하는 통로를 걷고 있다.

이때 행정관들이 따라 걷는다.

"핫산 브리프 마법사님은 어디에서 오신 분이십니까?"

"올해 연세는 어떻게 되시고 가족 관계는 어떻습니까?"

"어느 분 밑에서 마법을 익히셨습니까?"

"……!"

무려 여덟 명이나 달라붙어 온갖 질문을 퍼붓는다. 둘 중 하나가 남작이 되기에 사전에 조사를 시작한 것이다.

현수는 라트보라 남작으로부터 받은 핫산 브리프의 인적 사항에 대해 이야기해 주었다.

행정관들은 열심히 받아쓰기를 하며 따라온다.

그러다 눈부신 햇살 아래에 당도하자 관중석으로부터 환호성이 터져 나온다.

"와아아! 선수 입장이다! 와아아아아아!"

"핫산 브리프 마법사님의 승리를 기원합니다!"

"응원하겠습니다. 꼭 이기십시오."

"저도요. 핫산 브리프 마법사님이 이기실 겁니다."

지금껏 뒤따르던 행정관들이 일제히 물러선다. 곧 대결이 벌어지니 더 이상 심기를 어지럽히지 않겠다는 뜻이다.

"와와와와! 와와와와와!"

관중들의 열렬한 환호 속에 대결장에 발을 들여놓았다. 먼저 입장한 상대는 예리한 시선으로 현수를 째려본다.

그에게 있어 현수는 넘어야 할 산이다. 이번 대결만 이기면 남작이 되어 평생을 떵떵거리며 살 수 있게 된다.

워낙 큰 대륙인지라 남작령의 크기가 거의 대한민국 정도 된다. 따라서 이기기만 하면 왕처럼 살 수 있다.

그러기 위해 현수를 꼭 이겨야 한다.

스웨덴의 남녀 혼성 4인조 그룹 ABBA의 노래처럼 'The winner takes it all'인 상황인 것이다.

핫산은 1차 대결 때 윈드 필드에 윈드 커터를 조합시켜 상대의 목을 베었다는 것 이외엔 알려진 바가 없다.

반면 자신은 천신만고 끝에 이 자리에 섰다. 1차 대결 땐 30분이 걸렸고, 2차에선 40분이나 걸렸다.

두 번의 대결을 거치는 동안 작은 부상을 입었다.

포션을 들이붓고 힐링을 구현시켜 상처는 아물었지만 걸을 때마다 은근한 통증이 느껴진다.

적어도 두 달은 요양을 해야 하는 상황이다.

'끄응! 이거 때문에 패하는 일은 없어야 하는데.'

걸을 때마다 느껴지는 통증 때문에 운신이 편치 않다.

이를 상대에게 들켜선 안 되기에 겉으론 무심한 표정을 짓고 있지만 마음은 편치 않다.

"자! 두 분은 중앙으로 오십시오."

진행자의 안내에 따라 대결장 중앙에 그려놓은 원 안에 발을 들여놓았다.

"경기 규칙은 잘 아시죠?"

"그렇다네."

"……!"

현수를 대꾸했지만 이마르는 고개만 끄덕인다. 그러면서도 현수에게서 시선을 떼지 않는다.

'6서클 마스터군.'

이마르의 심장 부위를 돌고 있는 여섯 개의 링을 파악한 현수는 고개를 끄덕였다. 라트보라 남작의 말처럼 하향 안정 지원이 보편화되어 있음을 다시 한 번 깨달은 때문이다.

'그럼 공작들은 뭐지?'

9서클 마스터가 되어야 참가 신청 자격이 주어진다.

그런데 남작 선발대회처럼 하향 안정 지원을 했다고 하면 10서클 마법사들이 대회에 참가한다는 뜻이다.

'끄응! 9서클 마스터도 많아서 죽겠는데.'

마인트 대륙 역사상 어느 누구도 10서클의 벽을 넘지 못했음을 현수는 모르기에 나직한 침음을 토했다.

혹시라도 10서클 마법사가 있으면 어쩌나 생각한 것이다.

"이제 곧 대결을 시작하도록 하겠습니다. 저기 저 깃발이 내려가면 공격을 하셔도 됩니다. 아셨죠, 두 분?"

"알겠네."

"그러지."

현수와 이마르가 대답하자 진행자는 얼른 물러선다.

그리고 관례처럼 시간이 흐른다. 누가 이길 것인지 내기 돈을 걸 시간이다.

현수는 마주 서 있는 이마르를 살펴보았다.

'흐음! 종아리에 부상이 있군. 걷는 데 불편하겠어.'

이마르 역시 현수를 유심히 살판다.

'뭐야? 왜 마나 링이 몇 개인지 알 수가 없지?'

현수의 심장 부위를 살폈지만 마나 링의 숫자를 헤아릴 수 없자 이마르의 이마에선 진땀이 솟는다.

'설마 7서클 이상인 건 아니겠지? 그렇다면 남작이 아니라 자작이나 백작 자리를 노려야 하는데.'

마법사들은 자신보다 화후가 낮은 상대를 만나면 어느 정도인지를 짐작할 수 있다. 반면 자신보다 더 높은 경지에 있다면 아무것도 알아낼 수 없다.

'설마 7서클 이상이라면……. 미친! 왜 7서클 이상인데 겨우 남작을 하겠다고 나와? 자작이나 백작급으로 가야지.'

이 순간 이마르는 갑자기 오한이 느껴졌다. 현수로부터 싸늘한 한기가 쏟아져 나오는 것 같기 때문이다.

'으으, 으으으! 포기해야 하니? 눈앞이 고지인데 여기서 포기하면 30년을 기다려야 해. 포기할 수 없어. 죽든 살든 끝까지 가야 해.'

이마르는 슬며시 어금니를 깨물었다. 자꾸 물러서려는 스스로의 마음을 다잡기 위함이다.

뒤로 물러섰던 진행자가 깃발을 들고 있는 사내에게 신호를 보내려다 멈춘다. 아직 내기 돈 집계가 끝나지 않았다는 누군가의 신호를 받은 때문이다.

'이제 저 깃발이 내려가면 새파랗게 젊은 저… 헉! 진짜 7서클인 거야?'

6서클인 본인은 나이가 62세이다. 그런데 서클 수조차 헤아릴 수 없는 현수는 25살 정도로 보인다.

아무리 천재라도 그 나이에 6서클이 되는 건 어려운 일이다. 그런데 현수는 분명히 젊다.

얼굴에 주름이 하나도 없다.

'설마……!'

깨달음을 얻어 7서클에 오르면서 바디 체인지를 했을 수도 있다는 생각이 들자 이마르의 안색이 창백해진다.

5서클과 6서클의 차이보다 6서클과 7서클의 차이가 훨씬 더 현격하다. 감히 대들 수 없을 정도의 차이이다.

현수가 예상대로 7서클 마법사라면 오늘 이 자리에서 자신은 목숨을 잃을 수도 있다.

그리고 보니 1차 선발에서 현수는 랜돌 프아킨의 목을 베어 죽였다. 그때 걸린 시간이 불과 1~2분이다.

랜돌은 6서클 유저이다. 그런 그가 너무도 맥없이 목숨을 잃었다는 생각이 들자 전신에서 소름이 돋는다.

현수가 7서클이라는 걸 확신한 때문이다.

'으으! 잘못하면 죽는다!'

은은한 공포감이 엄습하자 이마르는 슬쩍 한 발 물러섰다.

저도 모르게 하는 행동이다. 이 순간 진행자가 깃발을 든 사내에게 다시 한 번 신호를 준다.

하여 힘차게 깃발을 내리려는 순간이다.

"멈추시오!"

누군가의 고함에 모두의 시선이 쏠린다.

"황태자 전하께서 행차하셨습니다. 모두 자리에서 일어나

예를 갖추도록 하시오."

마나가 실린 고함에 모두들 자리에서 일어선다.

황태자는 차기 황제가 될 인물이다. 당연히 예를 갖춰야 하는 대상이다.

잠시 후, 화려한 예복을 걸친 황태자가 관람석으로 들어서자 팡파르가 울려 퍼진다. 연주되는 곡은 황태자 찬가이다.

빰빠~! 빠-빠-빠빰~! 빰빰 빠-빠-빠빠~!

웅장하면서도 제법 괜찮은 멜로디이다.

하긴 제국의 음악가들이 작곡한 것 중 고르고 골랐을 것이니 괜찮지 않으면 이상한 일이다.

연주가 계속되는 동안 현수는 멜로디를 기억에 담았다. 지구로 가면 다이안에게 줄 또 다른 곡이 생긴 때문이다.

황태자 찬가가 연주된다는 것은 이 행차가 공식적인 행보라는 의미이다.

약 3분에 걸친 연주가 끝나자 푸른 융단이 깔린다. 이곳에선 파란색이 귀빈을 의미하는 모양이다.

황태자는 수행원들의 안내를 받아 천천히 걸었다. 그런 그의 좌우엔 두 명의 아리따운 시비가 따른다.

그 뒤로 두 명의 공작과 네 명의 후작이 보인다. 걸치고 있는 예복의 색깔만으로도 작위를 구분할 수 있다.

황제와 황태자는 보라색을 입는다.

공작은 검은색, 후작은 붉은색, 백작은 파란색, 자작은 초록색, 남작은 주황색이다.

공작은 두 어깨에 금색 견장 수술을 달았고, 비스듬히 붉은 띠까지 매고 있다. 허리띠는 황금색인데 아주 잘 닦여 있어 햇살을 반사시키고 있다. 후작은 은색 견장 수술이고 연보라색 띠, 그리고 은색 허리띠를 매고 있다.

제법 괜찮아 보이는 복식이다.

황태자의 수발을 드는 시녀들은 흰색 원피스를 걸쳤는데 파란 허리띠가 포인트처럼 보인다. 걷는 동안 물결치듯 부드럽게 흔들리며 육감적인 몸매를 드러낸다.

둘 다 상당히 미인인데다 불룩 솟은 가슴, 그리고 잘록한 허리와 급격하게 발달된 둔부가 사람들의 시선을 끌고 있다.

황태자가 관중석 중앙에 위치한 귀빈석 한가운데에 설 때까지 모두들 기립해 있다. 그게 예의이기 때문이다.

"나, 로렌카 제국의 황태자 슐레이만 로렌카는……."

황태자의 말이 시작되자 모두의 시선이 쏠린다.

유례없는 일이기 때문이다. 황태자와 황제는 후작위와 공작위가 결정되는 때만 행차하는 것이 관례이다.

"…하여 이번 대회에 상으로 주어질 미녀들을 이 자리에서 공개한다."

"와아아아! 와아아아아아!"

황태자의 말이 끝나자 일제히 환호성을 터뜨린다. 그러는 사이에 병사들이 들어와 두 줄로 도열한다.

다른 한쪽에선 관중석의 관객들을 뒤로 밀어냈다. 미녀들이 들어설 자리가 필요하기 때문이다.

관객들은 기꺼이 뒤로 물러섰다.

가장 가까운 곳에서 절세미녀들을 감상할 기회를 얻었으니 오히려 영광이라 생각한 것이다.

"들어오라!"

황태자의 명이 떨어지자 팡파르가 울려 퍼진다. 황태자 찬가보다는 덜 웅장하지만 이번 곡 역시 멜로디가 아주 좋다.

대결장 중앙에 서 있던 현수는 시선을 돌려 여자들이 입장하는 쪽을 바라보았다. 다프네가 올까 싶어서이다.

"우와와!"

"화아! 엄청나다, 엄청나!"

"세상에! 여신급이야! 엄청 예뻐!"

여자들이 입장하자 관람석이 술렁인다. 곧이어 감탄사가 터져 나온다.

황태자의 수발을 들던 시녀들이 걸친 것과 거의 비슷한 의복을 걸친 여인들이 등장했다.

이번 영주 선발대회에선 신임 공작 2명, 후작 5명, 백작 16명, 자작 21명, 그리고 남작 88명이 결정된다.

새로 선발된 공작은 4명, 후작은 3명, 백작은 2명, 그리고 자작과 남작은 1명을 하사받는다.

이를 위해 마인트 대륙과 아르센 대륙에서 미녀 164명을 선발했다.

마인트 대륙의 경우는 미녀들이 자발적으로 지원하는 경우가 많다. 평생 호의호식하는 귀족이 될 기회이기 때문이다.

반면 아르센 대륙 출신 미녀들은 납치, 또는 매매되어 이곳에 왔다. 본인의 뜻이 아닌 것이다.

하여 대회가 열리기 전부터 각종 교육을 받는다. 이곳에 적응시키기 위한 교육이다.

현수는 입장하는 미녀들의 면면을 유심히 살폈다. 맞은편의 이마르 역시 시선을 떼지 못하고 있다.

너무도 아름다운 미녀들이 계속해서 입장하고 있으니 사내의 본능이 그리 시킨 것이다.

대체적으로 흑발이 많다. 그리고 흑인 미녀도 보인다.

낮에는 유명 모델로, 밤에는 프로그래머로 활동하고 있는 미국 뉴저지 출신 린제이 스콧(Lyndsey Scott) 같은 여인도 있다.

카리브 해의 아름다운 섬 마르티니크 출신의 완벽한 미녀 코라 엠마누엘(Cora Emmanuel) 분위기의 여인도 있다.

그렇게 100여 명의 미녀가 입장했다.

하나하나 들어설 때마다 관중들은 몸살 앓는 소리를 낸다.

하나라도 품고 싶은 마음이 만들어낸 반응이다.

잠시 후, 머리카락 색깔이 다른 미녀들이 등장한다. 이제부터는 아르센 대륙에서 데려온 미녀들이다.

"우와아아! 머리카락 색깔 좀 봐! 보라색이야!"

"헐! 파란색도 있어!"

"으으! 금발이야, 금발! 저기 좀 봐!"

"와아! 빨개! 근데 얼굴과 몸매 모두 끝장이다!"

"헐! 너무 예뻐! 으으으! 한 번만 안아봤으면 좋겠다!"

관중들 모두 입장하는 미녀들에게서 시선을 떼지 못한다.

"어서 어서 마법을 연마하여 다음번 대회 때는 나도 꼭 출전해야지."

"그래, 그동안 마법 연구를 게을리했는데 저런 미녀를 상으로 준다면 당연히 죽어라 연마해야지."

관객들이 떠드는 동안에도 미녀들의 입장은 계속되고 있다. 그렇게 약 150명이 나왔는데 그중에 다프네는 끼어 있지 않았다.

'이곳에 와서 화장 같은 걸 해서 내가 못 알아보는 건가?'

현수는 지구인이다.

여자들의 화장이 변장 수준으로 진화했다는 걸 누구보다도 잘 알고 있다. 그렇기에 새로운 화장술 때문에 다프네를 알아보지 못한 건가 싶어 고개를 갸웃거렸다.

이런 생각을 하는 동안에도 계속해서 미녀들이 입장하고 있다.

"예쁘긴 예쁘군."

저도 모르게 중얼거린 말이다.

현수는 지현과 연희, 그리고 이리냐를 아내로 맞이한 바 있다. 카이로시아와 로잘린, 스테이시와 케이트, 그리고 다프네도 아내로 맞이할 예정이다.

이 밖에 많은 미녀를 만나봤다.

예카테리나와 백설화, 그리고 헥사곤 오브 이실리프의 여섯 여인 또한 매우 아름답다. 다들 경국지색이라 할 만큼 극치의 아름다움을 품은 여인들이다.

그렇기에 현수의 눈은 상당히 높다.

그럼에도 지금 등장하는 미녀들의 미모가 놀랍다는 표정이다. 세상은 넓고 미녀는 많다는 말이 생각났다.

161번째 미녀는 은발이다.

허리까지 내려오는 머리카락이 매우 인상적이다.

샴푸도 없는 곳임에도 바람결에 날리는 머릿결이 환상적이다. 마치 뉴질랜드 출신 수퍼모델 스텔라 맥스웰(Stella Maxwell)과 비슷한 분위기다.

"자! 다음은 162번째 미녀입니다. 이 미녀의 이름은 스타르라이트라고 합니다. 참고로 '스타르라이트'는 아르센 대

류어로 '별빛' 이라는 뜻입니다."

통로 입구에 있던 사내의 말이 떨어지기 무섭게 적발미녀
가 들어선다. 얼굴은 남아프리카 공화국 출신 모델 캔디스 스
와네포엘(Candice Swanepoel)과 흡사하다.

"우와아아!"

관객들이 일제히 탄성을 터뜨린다. 빵빵한 가슴의 소유자
가 등장한 때문이다.

스타르라이트는 미인대회 출신자처럼 가볍게 손을 흔들며
입장했다. 그녀는 아르센의 농노의 딸이었다.

잘해봐야 다른 농노에게 시집갈 팔자였는데 납치되어 이
곳에 이르렀다. 그리고 교육을 받는 동안 귀족의 여인이 될
것이라는 이야기를 들었다.

황제가 하사한 미녀는 무조건 아내로 맞이해야 한다. 아무
때나 버릴 수 있는 첩이 아닌 것이다.

따라서 이제 팔자가 피었다 생각하였기에 환한 미소까지
머금고 등장한 것이다.

"자, 다음은 163번째 미녀의 입장입니다."

사회자의 말이 떨어지자 사람들은 스타르라이트에게서 시
선을 떼고 통로 입구를 바라본다.

"이 미녀의 이름은 아만다 프러페 반 도넬입니다. 아르센
대륙 도넬 왕국의 공주입니다. 누가 이 미녀를 차지할지 알

수 없지만 주신의 축복을 받은 사람일 겁니다."

사회자의 말이 떨어지자 통로로부터 한 여인이 들어선다.

햇살 때문에 눈이 부신지 잠시 찡그리는데 묘한 아름다움을 선보이고 있다.

굳이 지구의 누군가와 비교하자면 헝가리의 여신이라 불리는 바바라 팔빈(Barbara Palvin)처럼 생겼다.

"와아아아! 엄청 예쁘다!"

"헐! 여신이시다, 여신!"

"아! 부럽다, 부러워!"

"다음 대회엔 꼭 참석한다. 두고 봐라."

귀빈석 중앙에 마련된 높은 의자에 앉아 있던 황태자는 미소를 머금었다.

본인이 의도한 그대로의 반응이기 때문이다.

영주 선발대회는 30년에 한 번 개최된다. 너무 텀(Term)이 길다.

그리고 건국 황제인 부친은 나이가 상당히 많다. 그래서 점차 노쇠해 가는 중이다.

황태자는 황제로부터 조만간 양위할 것이란 말을 들었다.

300년이 넘도록 황제 자리에 있었더니 재미가 없어 양위한 후엔 방랑자처럼 대륙을 돌아보겠다고 했다.

어쨌거나 본인이 황제가 되면 영주 선발대회를 매 10년마다 한 번씩 개최하는 것으로 법령을 바꿀 생각이다.

제국이 건국된 후 마법사들은 마법 연구를 등한시했다. 자극적인 일이 없기 때문이다.

그런데 오늘 제대로 마법사들을 자극했다. 이전엔 일반 관중들이 미녀들을 보는 경우가 없었다.

그런데 오늘 전격적으로 미녀들을 공개하자 마법사들로부터 수컷의 욕망이 느껴진다. 다음번 영주 선발대회에 꼭 참석하고야 말겠다는 의지를 일으킨 것이다.

다툼을 벌이고 있는 세력은 없지만 로렌카 제국을 위해선 좋은 일이다.

"자! 다음은 마지막 미녀입니다! 여러분! 눈을 크게 뜨고 보십시오! 어마어마합니다!"

사회자의 말에 사람들의 시선이 다시 통로 입구로 향했다. 대체 어떤 미녀가 나오기에 설레발을 떠나 싶은 것이다.

"이번에 나올 미녀는 아르센 대륙 라수스 협곡 출신입니다. 이름은 다프네(Daphne)! 아르센어로 '아름다운 요정'이라는 뜻입니다."

모두들 통로 입구에 시선을 고정시킨다. 잠시 후 안쪽으로부터 황금빛 드레스를 걸친 여인이 등장한다.

"우와아아아! 끝내준다, 끝내줘!"

"헐! 너무 예뻐! 여신 중의 여신이시다!"

"세상에, 저게 사람이야? 엄청 아름답다!"

"와아아! 정말 예쁘다! 미의 여신이야!"

사람들의 감탄사 속에서 등장한 여인은 다프네였다. 그런데 현수가 알고 있는 그 모습이 아니다.

그간 잘 다듬어서 그런지 너무도 아름답다.

우아함, 고상함, 고결함, 그리고 요염함이 한꺼번에 느껴지는 그야말로 절세미녀 중의 절세미녀로 바뀌어 있다.

다프네는 수많은 관중의 시선이 부담스러운지 살짝 고개를 숙인다. 이 순간 한줄기 바람이 그녀의 귓전을 스친다.

귀밑머리가 바람에 흩날리는 모습은 모든 사내가 꿈꾸는 환상 그 자체이다.

'아! 다프네!'

다프네를 발견한 현수는 얼른 그녀를 구하고 싶은 마음에 관중석으로 뛰어올라 가려 했다.

하지만 이내 자제하지 않을 수 없었다.

다프네의 뒤를 이어 대략 30명의 사내가 등장했는데 모두가 검은색 예복을 걸치고 있다.

금색 견장수술과 붉은 띠, 그리고 황금색 허리띠는 그들 모두 9서클 마스터인 공작이라는 의미이다.

곧이어 60명의 후작이 들어선다.

그간의 심상 대결을 통해 30명의 공작과 맞붙으면 이길 수 없다는 것을 경험했다.

그런데 그들보다는 못하지만 마찬가지로 만만치 않은 전력을 가진 8서클 마스터가 대거 등장하니 경거망동할 수 없었다.

다프네는 아르센력으로 지난 9월 초에 라수스 협곡 입구에서 납치당했다. 그리고 지금은 4월이다.

약 8개월이란 시간은 촌스럽던 다프네를 절세미녀로 바꿔놓기에 충분하고도 남았다.

현수는 멍한 시선으로 다프네를 바라보았다.

아름답다는 것은 알고 있었지만 지금은 누군가의 말처럼 미(美)의 여신 그 자체라는 생각이 들 정도이다.

다프네는 이 자리에서 서 있는 것이 불편하다는 듯 천천히 걸어 다른 여인들 틈으로 끼어들었다.

사람들의 시선 자체가 부담스러운 것이다.

미녀들 중엔 웃음을 띤 여인이 많다. 곧 귀족의 아내가 될 신분이기 때문이다. 하지만 다프네는 웃지 않고 있다.

하인스가 아닌 다른 누군가를 마음에 담아본 적이 없기 때문이다.

'아! 하인스 님, 어디에 계신가요? 여기가 어딘지는 몰라도 저를 구하러 와주시면 안 되는지요?'

다프네는 현수의 얼굴을 떠올리며 살며시 미간을 찌푸렸

다. 그런데 그 모습 또한 너무도 아름답다.

현수는 마나에 의지를 실어 자신이 이곳에 있음을 알리려다 말았다. 30명이 넘는 9서클 마스터를 의식하지 않을 수 없다.

'제기랄!'

현수는 나직이 투덜거렸다.

10서클 마스터가 되고 그랜드 마스터에 보우 마스터까지 이루었기에 세상 어디에도 거칠 것이 없다고 생각했는데 아직은 아닌 듯한 때문이다.

현수가 이런저런 생각을 하고 있을 때 황태자가 의자에서 일어선다. 뒤쪽에 서 있던 여인들 모두 착석한 상태이기에 자연스레 황태자의 움직임이 눈에 뜨인다.

"오늘 나는……."

잠시 황태자의 발언이 있었다.

'헐!'

모든 이야기를 들은 현수는 입을 딱 벌렸다.

뉴질랜드 출신 수퍼모델 스텔라 맥스웰과 헝가리의 여신이라 불리는 바바라 팔빈, 그리고 남아프리카 공화국 출신 모델 캔디스 스와네포엘을 닮은 여인과 다프네는 신임 공작만이 선택할 수 있다는 말 때문이다.

신임 공작은 두 명이다. 최종 결정이 나면 제비뽑기를 하여 먼저 네 명을 고를 수 있다.

이때 이들 넷 중 적어도 두 명 이상은 반드시 골라야 한다. 물론 넷을 다 골라도 된다.

'끄응!'

현수는 나직한 침음을 냈다.

대회에 참가하기 전 제출된 서류엔 7서클이라 기록되어 있다. 서클 제한이 있으니 공작과 후작위 선발대회엔 참가할 수 없다는 뜻이다.

다프네를 무리 없이 되찾으려면 공작이 되어야 한다. 그리고 두 개의 제비 중 먼저 고를 수 있는 걸 뽑아야 한다.

문제는 기 제출된 서류를 수정할 수 없다는 것이다.

'라트보라 남작에게 부탁하면 될까?'

행정업무를 맡고 있으니 가능할지도 모른다. 그런데 9서클 마스터로 수정하면 우스워진다.

9서클 마스터면서 5서클 마스터의 자격만 갖추면 선발될 수 있는 남작위에 도전한 꼴이 되기 때문이다.

'끄응!'

현수가 또 한 번 나직한 침음을 낼 때 대결 진행자가 다시 나온다.

"핫산 브리프 님, 그리고 이마르 이사틴 님, 잠시 대결이 중단되었습니다. 속개하려 하는데 괜찮겠습니까?"

"괜찮소."

"……!"

이마르는 고개만 끄덕인다. 진행자가 물러나 깃발 든 사내에게 신호를 보내려는 순간이다.

"황태자님께 여쭙고 싶은 게 있습니다."

현수의 느닷없는 발언에 모두의 시선이 쏠렸다.

『전능의 팔찌』47권에 계속…

네르가시아 장편 소설

FUSION FANTASTIC STORY

THE MODERN
MAGICAL
SCHOLAR

현대 마도학자

나르서스 제국의 전쟁영웅이자
마나코어를 개발한 천재 마도학자 카미엘!

그러나 제국의 부흥을 위한 재물이 되어
숙청당하는데……

『현대 마도학자』

죽음 끝에 주어진 또 다른 삶.
그러나 그에게 남겨진 것은 작은 고물상이 전부였다.

더 이상의 밑은 없다!
마도학자의 현대 성공기가 시작된다!

Book Publishing CHUNGEORAM

유행이 아닌 자유추구 -
WWW.chungeoram.com

강준현 장편 소설

FUSION FANTASTIC STORY

개척자
Pioneer

『복수의 길』의 강준현 작가가 선보이는
2015년 특급 신작!

글로벌 기업의 총수, 준영.
갑자기 찾아온 몽유병과 알 수 없는 상황들.

"…누구냐, 넌?"
혼돈 속에서 순식간에 바뀐 그의 모든 일상.
조각 같던 몸도, 엄청난 돈도, 뛰어난 머리도 모두, 사라졌다!

스스로도 알 수 없는 낯선 대한민국의 밑바닥부터
다시 시작해야 하는 준영.

"젠장! 그래, 이렇게 산다!
대신 나중에 바꾸자고 하면 절대 안 바꿔!"

그는 과연 이 상황을 극복하고 자신의 운명을
새롭게 개척해 나갈 수 있을 것인가!

Book Publishing CHUNGEORAM

유행이 아닌 자유추구 -
WWW.chungeoram.com

글삶 장편 소설
FUSION FANTASTIC STORY

세상을
다 가져라

[세상을 다 가져라]

문피아 선호작 베스트 작품 전격 출간!
현대판타지, 그 상상력의 한계를 넘어서다!

권고사직을 당한 지 2년째의 백수 권혁준.

우연히 타게 된 괴상한 발명품으로 인해
과거로 회귀한다!

그런데
과거로 온 혁준의 손에 들려 있는 것은 바로
최신형 스마트폰!

"까짓 세상, 죄다 가져 버리겠다 이거야!"

백수였던 혁준의 짜릿한 인생 역전이 시작된다!

Book Publishing CHUNGEORAM

유행이 아닌 자유추구 -
WWW.chungeoram.com